Charles de Coster

Die Hochzeitsreise

Verone

Charles de Coster

Die Hochzeitsreise

1st Edition | ISBN: 978-9-92500-187-3

Place of Publication: Nikosia, Cyprus

Erscheinungsjahr: 2016

TP Verone Publishing House Ltd.

Reproduktion des Originals in Großdruckschrift.

Charles de Coster

Die Hochzeitsreise

Vorwort

Der bis 1910 nur einem kleinen Kreise von Kennern bekannte Roman »Tyll Ulenspiegel« des Vlamen Charles de *Coster* (geb. in München 1827) ist durch meine Verdeutschung (bei E. Diederichs in Jena), der ein paar Konkurrenzausgaben nachgefolgt sind, zum Allgemeingut geworden und steht heute als klassisches Werk der Weltliteratur unter den nicht zahlreichen Schöpfungen, die das 19. Jahrhundert überdauern werden. Der Dichter hat diesen Weltruhm, den ihm Deutschland bescherte, nicht mehr erlebt; er ist 1879 in Brüssel im Elend gestorben. Literarische Pläne und Arbeiten beschäftigten ihn nach seinem großen Wurf (1867) zwar fortdauernd, zur Ausführung gelangten aber nur noch zwei Erzählungen, eine längere und eine kürzere, die in diesem Bande vereinigt sind: »Die Hochzeitsreise« und »Toulets Heirat«.

»*Die Hochzeitsreise*« erschien 1869 in Brüssel mit sieben Radierungen belgischer Künstler und 1870 in einer neuen Titelauflage ohne Bilder mit dem Untertitel »Eine Geschichte von Liebe und Krieg«. Beide Ausgaben sind heute auf dem Antiquariatsmarkte kaum mehr aufzutreiben. Die vorliegende Verdeutschung erfolgte nach dem Exemplar der 2. Ausgabe aus der Brüsseler Staatsbibliothek. Beiden Ausgaben blieb der ersehnte Erfolg versagt, und so gestaltete sich der Lebensabend des Dichters immer düsterer. Wer über de Costers Schicksal Näheres erfahren will, findet seinen Lebensabriss im

Nachwort meiner Ulenspiegelausgabe. Nur auf eins möchte ich hier eingehen: Das ist der schmerzvolle Aufschrei über die Not des verschämten Armen in Teil 2, Kap. 4, dieser Erzählung. Es ist ein ergreifendes Selbstbekenntnis dessen, der seinem Volke die »nationale Bibel« gespendet hatte und von diesem Volke ins Elend gestoßen ward.

»Arm sein, das heißt von jedermann und jederzeit ungestraft beschimpft, geschlagen, angegriffen, verunglimpft, geschmäht und verleumdet werden. Bleibt dem Armen etwas Stolz, und er sucht Arbeit, ohne sich zu erniedrigen, so macht man ihm ein Verbrechen aus dieser notwendigen Tugend, die man seinen Dünkel nennt. Liebt er weiße Wäsche und saubere Kleider, so sagt man von ihm, er solle lieber seinen Bäcker bezahlen, als so viel Geld für seine Wäsche ausgeben. Die Idioten, die über ihn herfallen, begreifen ja nicht, was dieser letzte Schein von Wohlstand bedeutet, der ihn noch von Weitem mit der Welt der Glücklichen verbindet, aus der er so tief herabgesunken ist. Lebt er als Künstler oder Gelehrter von trockenem Brot und Wasser, um sein Werk zu vollenden, so sagen sie, er sollte sich lieber anwerben lassen und eine Flinte auf die Schulter nehmen. Du kannst dir gar nicht vorstellen, wie dumm und roh die Welt sich meist in das Leben derer mischt, die da leiden und nichts verlangen als Zeit, um sich aufzurichten. Sinken sie infolge von Mangel und fruchtlosen Kämpfen zu Boden wie Löwen, die vor Erschöpfung sterben und nicht mehr die Kraft zum Beißen haben, so kommen alle herbei und geben ihm den Eselsfußtritt.«

Obwohl in französischer Sprache geschrieben wie sein »Ulenspiegel«, ist auch dies Werk ganz unfranzösisch in seiner durchaus germanischen Liebesauffassung, ohne

Süßlichkeit wie ohne Frivolität. De Coster selbst hatte eine ähnliche große Liebe durchlebt, nur mit traurigerem Schluss. Seine »Briefe an Elisa« sind das Bekenntnis dieser Liebe, über der noch der Schleier des Geheimnisses liegt. Wir wissen nur, dass ein »Opfer der Pflicht« den Herzensbund endgültig löste, nachdem er schon mehrfach zerrissen, aber immer wieder angeknüpft worden war. Diese Liebe hatte ihm die Dichterweihe gegeben, aber sie führte nicht zu dem Eheglück, das er in seiner Erzählung schildert. Erfüllung fand sein Liebestraum nur in seinem Werke. Was ihm selbst im Leben misslungen, verwirklichte er an seinem jungen Paar. So leben seine Gestalten von seinem Herzblut.

»Die Hochzeitsreise«, deren irreführender Titel besser mit »Eine junge Ehe« zu fassen wäre (eine Hochzeitsreise findet gar nicht statt), lässt sich naturgemäß mit seinem Lebenswerk, dem »Tyll Ulenspiegel«, nicht vergleichen. Ein solches Werk steht nicht nur im Schaffen eines Einzelnen, sondern auch im ganzen belgischen Schrifttum einzig da. Wohl aber lässt auch sie die besonderen Vorzüge des Ulenspiegeldichters hervortreten. Eine feine, bald schalkhafte, bald wehmütige Lebensphilosophie, eine scharfe Beobachtungsgabe und eine starke satirische Ader, die sich besonders an dem alten Scheusal von Schwiegermutter, aber auch an der treuherzigen Folie ihrer plumpen Magd auslässt, verbinden sich mit prachtvollen Naturschilderungen und unheimlicher Dramatik, wie sie besonders der starke Anfang der Erzählung zeigt. Der Schluss (Teil 3) ist zwar gleich stark dramatisch bewegt, nähert sich aber in seiner Technik den Abenteuerromanen der französischen Spätromantik

(Dumas, Sue u. a. m.), worauf schon Tony Kellen im »Lit. Echo« vom 15.4.17 hingewiesen hat. Dort auch die Feststellung, dass die Szene, wo das junge Paar die Vorübergehenden auf der Landstraße beobachtet (Teil 2, Kap. II) »lebhaft an Belauschungsszenen erinnert, wie sie z. B. in den ›Mystères de Bruxelles‹, einem 1845 erschienenen Roman von Suau de Varennes, vorkommen«. Solche Rückfälle in den Zeitgeschmack sind in der Literaturgeschichte auch bei starken Begabungen keine Seltenheit. Erinnert sei nur daran, dass z. B. Beyle-Stendhals berühmter Roman »Rot und Schwarz« (Le Rouge et le Noir) nach einem dauernden, seiner Zeit (1831) weit vorauseilenden Aufgebot zergliedernder Psychologie, haarscharfer Gesellschaftskritik und naturalistischer Beobachtung zuletzt ganz in die Romantik des zeitgenössischen Abenteuerromans hinabgleitet, ohne dass der Autor sich dieses Stilbruchs bewusst wird, wie in Victor Hugos Romanen, in Balzacs jugendfrischem Naturalismus oder in Zolas »experimentellen« Romanen sich oft sogar ein kolportagemäßiger Einschlag zeigt, der sich nicht über die Dutzendwerke ihrer Zeit erhebt. Ob in solchen Fällen Konzessionen an den Zeitgeschmack der Wirkung zuliebe vorliegen, ob den Künstlern bisweilen der Atem ausgeht, oder schließlich, ob sie doch so sehr Kinder ihrer Zeit bleiben, dass sie hin und wieder in die Horizonte des Zeitgeschmacks zurückfallen – wer wollte es ergründen? Vielleicht kommt alles dreies in Anschlag. Für den rückschauenden Kritiker ergeben sich solche Erdenreste eines unbesiegten Zeitgeschmacks aus der verfeinerten Technik des modernen Romans ohne Mühe; den Künstlern selbst werden sie oft gar nicht bewusst. Bei de Coster werden sie zudem voll aufgewogen durch alles, was den Dichter des »Ulenspiegel« auszeichnet und ihm sein unnachahmliches Gepräge gibt.

Der Misserfolg der »Hochzeitsreise« – trotz gelegentlicher Anpassung an den Zeitgeschmack – entwaffnete de Coster nicht: Er rang weiter gegen sein unverdientes Schicksal an. Auf Reisen nach Holland sammelte er Eindrücke für eine Reisebeschreibung, die er für eine Zeitschrift schreiben sollte: Der Anfang erschien 1878, der zweite Teil erst nach seinem Tode. Das gleiche Los traf seine letzte Erzählung »*Toulets Heirat*«. Ein junger belgischer Offizier, Edouard *Meurant*, schlug ihm vor, eine alte Legende mit ihm zu gestalten. Der Dichter nahm das Angebot gern an, und so entstand diese Novelle, die, noch bei seinen Lebzeiten gedruckt, erst nach seinem tragischen Tode (1879) veröffentlicht wurde. Auch diese Legende verfiel der Vergessenheit und ist heute nur sehr schwer aufzufinden. Diese Verdeutschung, ebenfalls nach dem Exemplar einer Brüsseler Bibliothek, ist *die erste in Deutschland*. Wie weit die Mitarbeit des jungen Offiziers sich erstreckt, ist unbekannt: Die Hand des Ulenspiegeldichters und des Schöpfers der »Vlämischen Legenden« ist jedenfalls deutlich zu spüren: in der halb humorvollen, halb schwermütigen Lebensbetrachtung und dem schlichten Legendenstil, in den derbkomischen Einlagen, die an alte niederländische Maler gemahnen, wie in der satirischen Ausmalung eines gehässigen Charakters. Auch als Altersnovelle macht »Toulets Heirat« ihrem Schöpfer alle Ehre.

Fr. v. O. Br.

Die Hochzeitsreise

Eine Geschichte von Liebe und Krieg

Erster Teil

1

»Mein Gott, Herr Doktor, ist sie wirklich tot?«

»Ja, Frau.«

»Man dürfte sie doch nicht lebendig in die Erde legen. Das Kind hat nicht so starke Nägel, um ein Loch in die Sargbretter zu kratzen.«

»Sie ist tot, wie Sie sehen, und schon starr.«

»Ja ... starr ... ja! Sie gehen, Herr Doktor? Ach, ist da wirklich nichts mehr zu machen?«

»Nichts, Frau, leben Sie wohl.«

»Gute Nacht, Herr Doktor. Siska, wir wollen dem Kinde sein weißes Kleid mit den roten Tupfen anziehen, das sie neulich beim Tanzen anhatte, ihre Seidenstrümpfe und Saffianschuhe. Geh doch und sage dem Herrn, der da unten so lärmt, es wäre kein Beefsteak da, aber er würde bald ein Kalbskotelett kriegen. Er soll sich gedulden; wir sind doch nur zwei, um das Haus zu versorgen. Sag ihm das. Geh und komm schnell zurück.«

Siska gehorchte und kam wieder.

»Wo ist das Kleid mit den Tupfen, Siska?«

»Hier, Frau, unter dem Schal.«

»Gib her. Sind noch weiße Hemden von dem Kind übrig?«

»Ja, Frau.«

»Hilf mir, wir wollen sie anziehen.«

»Ja, Frau.«

»Zieh ihr die Jacke aus. Ich werde sie halten. Sonderbar, sie ist nicht schwer. Sachte beim Ausziehen der Ärmel. So. Jetzt den Rock, dann ihr armes Hemd. Zieh ihr rasch das andre über, sie soll nicht solange nackt liegen. Weine nicht, Siska.«

»Ach, Frau, wie schade ist das! Ich habe noch nie ein so schönes und so gutes Mädchen gesehen. Sie hätte einen braven Mann recht glücklich gemacht.«

»Sollen wir ihr ein Häubchen aufsetzen, Siska? Sie mochte nie eins tragen. Jetzt ist's was andres: Die Würmer werden ihr nicht so schnell in den Kopf kommen. Und das rote Halstuch unters Kinn geknüpft. Es steht ihr so gut, das Tuch. Nun ihr Kleid. Wickle jedes Bein in die Rockfalten. Das Mieder werde ich ihr zuhaken. Siska, hast du Grietje die Augen geschlossen?«

»Nein, Frau.«

»Seltsam, schließen die Toten denn jetzt von selber die Augen?«

Die Frau, die so sprach, war eine Mutter, eine alte Mutter. Sie war bisher ruhig geblieben, aber nun brach sie plötzlich in Schluchzen aus. Dann beugte sie sich über das Bett und gab ihrer Tochter mit ihrem närrischen Mund tausend Küsse, prüfte mit Lippen, Blick und Nase ihren Hals, ihre Kehle, ihre linke Brust, in der Hoffnung, einen Atemzug aufzufangen, eine Bewegung der Augen, der Lippen, des Körpers zu erhaschen, einen Herzschlag von der zu hören, die auf dem Bette lag. Das währte lange.

Dann setzte sie sich verzweifelt auf einen Stuhl.

»Der Doktor hat recht«, sagte sie, »Grietje ist tot.«

Dann ergriff sie ihre Hand, ließ dicke Tränen langsam darauf tropfen und klopfte ihr mechanisch auf die Handfläche, wie einst, als ihre Tochter klein war und Nervenanfälle hatte.

2

Diese Szene fand in einem großen gotischen Haus in der St.-Peters-Straße zu Gent statt.

Der Doktor war eben gegangen. Er war einer jener dicken Menschen mit rotem Gesicht, die ihr Brot mit der Heilkunst verdienen, es aber als Schuhmacher nicht verdient hätten. Die vierzig Arten, gute Biersuppe zu machen, kannte er gründlich, aber seine Studien hatte er seit seinem letzten Examen eingestellt. Beobachten und Nachdenken war für ihn eine Ausnahme, Essen und Trinken die Regel. Man hielt ihn für einen Biedermann, weil er gleichgültig war, für klug, weil er wenig sprach, für einen ausgezeichneten Arzt, weil es ihm selber vorzüglich ging.

Die Frau, die mit ihm gesprochen hatte, war klein, alt und blond und trug, wie in vorweggenommener Trauer, ein dünnes schwarzes Wollkleid, das sich auf ihrer flachen Brust bauschte und auf ihrem mageren Rücken spannte. Der Gesichtsausdruck Roosjes – so hieß die Alte – gemahnte in ruhigem Zustand an den der Buschelster. In diesem Augenblick war ihr kleines, böses Gesicht nur vom Schmerz belebt.

Die Magd, der sie Aufträge gab, hatte ein plattes Gesicht, eine Stumpfnase, kleine, schwarze, tiefliegende Augen unter dichten Brauen, breite Schultern und rote, kaum ausgebildete Hände mit langen, missgestalteten, stumpf auslaufenden Fingern. Durch schwere Feldarbeit hatte Siska Hüften wie ein Mann bekommen und ihr ganzes Wesen war noch schwerfälliger und einfältiger geworden. Sie ließ sich schwer in Wallung bringen, und doch hatte sie feuchte Augen, wenn sie Grietje ansah.

»Siska«, sagte die alte Roosje plötzlich in ruhigem Tone, »wir brauchen den Sarg heute noch nicht zu bestellen.«

Mit diesen entschiedenen Worten setzte sie sich an das Bett, sichtlich entschlossen, einen neuen Kampf mit dem Tod aufzunehmen, als wäre Grietje noch nicht in seinem Bann. Mit einer herausfordernden Gebärde, die dem Sensenmann galt, ergriff sie von Neuem den Arm des jungen Mädchens, hob ihn auf und wollte ihn beugen – er bog sich nicht. Sie hob die Beine, eins nach dem andern, aber sie blieben steif und lagen ihr wie Blei in den Händen. Nun bekam sie Angst, richtige Angst; dennoch blickte sie ihre Tochter fest an, mit einem Blick wie Christus, da er den Lazarus erwecken wollte, einem Blick, in dem alles lag, was eine Menschenseele an Willen aufbieten kann. Das währte lange, aber nach und nach schwand die Kraft, der Wille, die Härte des Ausdrucks aus ihrem Gesicht; die Muskeln entspannten sich, die Augen wurden feucht, die Lippen zuckten und die alte Roosje warf sich auf ihr Kind.

9

Über eine Stunde weinte Roosje jene Tränen, die den Körper krümmen, schütteln und beben lassen, wie der Sturmwind mit seinen Flügelschlägen die einzelnen Bäume auf den weiten Ebenen beugt und krümmt.

Sie liebte ihre Tochter mit eifersüchtiger Liebe, aber ihr Herz schlug fast ebenso lebhaft für ihre Geldtruhe, die am Fußboden ihres Schlafzimmers angeschraubt war. Bisweilen hatte sie diesem andern Gegenstand ihrer Zuneigung ein, zwei Goldstücke entrissen, um ein Kleid für Grietje zu kaufen.

Dann hatte sie, zärtlich und brummig zugleich, zu ihrer Tochter gesagt: »Geh und hole mir den Kaufmann. Er soll kommen und uns die neuen Stoffe zeigen; du sollst bei der nächsten Kirmes schöner sein als die anderen.«

Grietje gehorchte freudig. Der Kaufmann kam. Roosje erbebte, wenn sie ihn nur eintreten sah. Er war für sie ein Räuber mit einem Messer in der Hand; sie erlaubte ihm, ihr ein Stück Fleisch abzuschneiden. Er legte die Stoffe vor; Roosje brauchte eine Stunde, um ihre Wahl zu treffen und sich über den Preis zu einigen, den sie mürrisch bezahlte. War der Kaufmann fort, so beruhigte sie sich wieder und hielt, so gut sie konnte, die kalten Tränen zurück, die sonst auf den Stoff hätten, fallen und ihn verderben können.

Dann sagte sie zu Grietje: »Komm her, mein Lamm.« Sie legte den Stoff um den Rücken ihrer Tochter, streichelte ihn, raffte ihn in der Sonne und im Schatten und begann ihn zu lieben, weil er ihrer Tochter Freude machte, und auch, weil er Grietjes wirkliche Schönheit zur

Geltung brachte. Ebenso ging es mit den feinen Baumwollstrümpfen, die sie ihr kaufte und ihr selbst anziehen wollte, wobei sie die Schönheit ihrer Beine lobte; ebenso mit Grietjes Kopfputz, einem großen, weißen Kaschmirtuch mit hellblauen, von gelber Seide durchwirkten Palmenmustern.

Bei jedem neuen Opfer sagte sie zu ihr: »Du wärest nichtswürdig, wenn du mich nicht liebst. Ich zapfe mir Blut ab, um dich schön zu machen. Küsse mich.

Grietje gab ihrer Mutter einen langen Kuss. Sie liebte sie, war aber spröde und wenig für äußere Kundgebungen. Allzu lebhafte, ausgedrückte Leidenschaften, wie rein sie auch sein mögen, erschrecken die Kinder.

Nach solchen kurzen Augenblicken der Zärtlichkeit ging Roosje wieder an ihren Zahltisch, in ihren Keller oder in ihre Küche, tat Spiritus, Zucker und gekochtes Wasser in ihren Wein, beschnitt die Ränder der Fleischstücke im Speiseschrank, um das Fleisch für die Frikandellen zu erübrigen, und schickte sich an, die Bauern zu schröpfen und die Reisenden auszusaugen: Sie schenkte das Bier rasch ein, damit es kräftig schäumte, tat Kokkelskörner und Strychnin hinein, damit es bitter war und den Durst reizte, trocknete die Schnapsgläser nicht aus, sodass stets ein Drittel Wasser oder mehr zurückblieb und sie auf neun Flaschen eine ersparte. Durch solche unlauteren Machenschaften gewann sie so viel frisches Blut, dass sie sich, ohne zu sterben, wieder zur Ader lassen und ihre Tochter von Neuem beschenken konnte. So war Roosje gut und edel in ihrer Liebe, selbstsüchtig und schlecht in ihrem schmutzigen Geiz. Darum liebte sie ihre Tochter auch so, und darum hatte sie, schluchzend und gebrochen, Grietje mit ihren Tränen benetzt und die Zähne in ihre Stirn, ihre Wangen und ihren Nacken gedrückt.

4

Besorgt richtete sie sich auf und sagte zu Siska: »Du hast doch nicht das Wirtshaus geschlossen?«

»Aber ... doch ... Frau.«

»Wie? Weil der liebe Gott mich in meinem Kinde geschlagen hat, brauchst du mich doch nicht zu hindern, meinen Unterhalt zu verdienen. Geh runter, öffne und sage, ich käme gleich.«

»Jawohl, Baasin«, antwortete Siska und ging gehorsam hinunter.

Roosje horchte aufmerksam, was ihre Magd tat. Sie hörte, wie die Fensterläden aufgingen und gegen die Wand schlugen; wie ein Bauer in die Wirtsstube trat und ein Glas Wacholder verlangte, ein anderer eine Pintje Bier, dann ein dritter, ein vierter und so weiter allerlei Leute, die, je nach Hunger oder Durst, einen Speckeierkuchen, ein Kotelett, Bier oder Schnäpse bestellten.

An dem ungeduldigen Ton von Siskas Stimme merkte Roosje, dass die Magd den Kopf verloren hatte und somit im Begriff war, gegen den Vorteil der Wirtschaft zu handeln, das heißt zu viel Speck in die Eierkuchen zu tun, die Biergläser zu voll zu schenken, die Schnapsgläser zu gewissenhaft zu reinigen und die Pumpe, die das Bier aus einem großen Fass Uitzet im Keller emporhob, unbeaufsichtigt zu lassen.

Die Bauern strömten in die Wirtschaft, um die Nacht dort zu verbringen. Roosje hörte, wie Siska sie, einen nach dem andern, in alle Stuben und alle Stockwerke bis unter das Dach führte. Sie lächelte. Siska kam an ihr vorbei; sie hielt sie an und fragte sie, ob alle besetzt wären.

»Alle außer dieser«, antwortete Siska und ging eilig hinunter.

Roosje horchte weiter und hörte sie sagen: »Glauben Sie etwa, ich könnte Sie hier bedienen und zugleich unten einen Eierkuchen für Sie machen?«

»Gehen wir wo anders hin,« lautete die Antwort.

Das wiederholte sich dreimal mit drei verschiedenen Leuten. Dreimal klang an Roosjes Ohren das schreckliche Wort »wo anders.«

Ein seltsamer Kampf fand in ihrer Seele statt: Die liebende Mutter wollte bei der Leiche ihrer Tochter bleiben; die Geizige mit den Krallenfingern wollte hinuntergehen und Geld verdienen. Roosje hüpfte in ihrem Stuhl.

Bei jedem ungeduldigen Wort, jeder Ungeschicklichkeit Siskas stand sie auf und setzte sich wieder, ging an die Tür, um zu horchen, kehrte zurück, um die Stirn ihrer Tochter oder ihre bleichen Wangen zu küssen, horchte von Neuem und setzte sich abermals, um über Grietjes Antlitz zu weinen und zu schluchzen.

Unterdessen gingen die Stammgäste, die Siska schlecht bediente oder ganz vergaß, einer nach dem andern fort und sagten: »Gehen wir wo anders hin.« Ein bewegliches Bleigewicht schloss die Tür hinter den Gehenden und Kommenden. Jedes Mal, wenn ein Gast die Tür öffnete, um zu gehen, schlug das Blei mit Gewalt gegen den Türrahmen und die Füllung, und jedes Mal fuhr Roosje zusammen, als hätte sie einen Faustschlag aufs Herz bekommen.

Schließlich hielt sie es nicht mehr aus, stand wirklich auf, bedeckte das Gesicht ihrer Tochter mit dem Bettlaken und ging hinunter, die Augen voller Tränen und die Kehle voller Schluchzen, aber fest entschlossen, all das schöne Geld, das ihr zu entgehen drohte, festzuhalten.

Die Bauern begrüßten ihr Erscheinen mit Hurrageschrei und Beifall. Mehrere, die schon die Hand an der Türklinke hatten, um fortzugehen, kehrten zurück.

Vriendjes,« fragte Roosje, »was wollt ihr haben?«

»Butterbrot mit Käse, Schinken, Eierkuchen, Ballekes, ein Kotelett, Gerstenbier, Uitzet, Absinth, einen Bittern, Punsch!«, schrien sie alle durcheinander.

Roosje versuchte zu scherzen, um Zeit zu gewinnen: »Trinkt, eh ihr esst, das reizt die Esslust. Wer bekommt Absinth? Wer Punsch? Den Bittern? Uitzet? Gerstenbier?«

»Hier. Mir den Punsch, Wacholder, Gerstenbier, Uitzet und so weiter!« riefen die Bauern.

»Hilf mir, Siska!«, sagte Roosje, »und spute dich!«

Siska, die in Roosjes Abwesenheit den Kopf verloren hatte, fand sich sofort wieder, als Roosje eintrat, und bediente die Bauern ordnungsgemäß und schnell. Nach Verlauf einer Stunde hatten alle getrunken, gegessen und bezahlt.

Wiewohl mit dem Einnehmen und Herausgeben des Geldes vollauf beschäftigt, verschwand Roosje oft, um hinaufzugehen und Grietje zu küssen, dann ging sie wieder hinunter, die Kehle voll Schluchzen, und bediente schweigend ihre Gäste. Es wurde Abend.

5

Allmählich leerte sich die Gaststube. Roosje kehrte zu ihrer Tochter zurück. Ein junger Mann betrat das Wirtshaus und sagte zu Siska, die am Zahltisch geblieben war: »Ich möchte hier übernachten, führen Sie mich in mein Zimmer.«

»Es ist keins mehr frei«, antwortete die dicke Magd traurig.

Roosje hatte nicht aufgehört, auf alles, was im Erdgeschoss vorging, zu horchen. Im selben Augenblick kam sie, vier Stufen auf einmal nehmend, die Treppe herunter und sagte: »Du bist dumm und weißt nicht, was du tust.«

»Aber, Frau, es ist doch nur noch das Zimmer da, wo ...«

»Schweig!«

Der Ankömmling blickte die beiden Frauen abwechselnd an. Er hatte einen aufmerksamen, guten und sicheren Ausdruck, der sofort für ihn einnahm. Er war ziemlich mager, über mittelgroß, mit starker Brust, breiten Schultern und schlanken Hüften; seine Stirn war hoch, die Nasenflügel weit geöffnet, der Mund fein, ziemlich groß, von einem leichten braunen Schnurrbart beschattet, das Kinn kräftig und wohlgeformt, sein Lächeln sanft und fröhlich. Alles verriet die Kraft und Biegsamkeit des Körpers, die Klarheit, Schärfe und Ehrlichkeit des Geistes.

Mit ruhiger, vielleicht etwas gebieterischer Gebärde winkte er Roosje herbei, die vor ihn trat, bestellte ein Glas Bier und zog seinen Geldbeutel, um es zu bezahlen. Dabei zeigte er ihren gierigen Augen Silber, Gold und Banknoten.

»Frau«, sagte er, »haben Sie wirklich kein Zimmer frei?«

»Herr«, antwortete Roosje, etwas beschämt vor Siska, »wir haben noch eins mit zwei Betten, aber in dem einen schläft jemand.«

»Dann werde ich anderswo einkehren«, sagte der junge Mann und stand auf.

»Anderswo, nein, mein Herr!«, rief Roosje und nötigte ihn, wieder Platz zu nehmen. Dann wies sie zur Decke: »Die dort liegt, wird Sie nicht im Schlafe stören.«

Und Roosje weinte still.

Der junge Mann ergriff die Hand der Alten, eine fiebernde Hand, die zuckend in der seinen lag. Er blickte Roosje mit dem herzlichen, ehrerbietigen Mitleid an, das man vor dem Leid des Alters empfindet, sah ihre rotgeweinten Augen, die stumme Verzweiflung, die mit tiefen Furchen in dies verfallene Gesicht eingegraben war, sah ihre zitternden, verzerrten Lippen. Er dachte an die Worte: »Die dort liegt, wird Sie nicht im Schlafe stören«, und begriff, dass diese Frau etwas Unersetzliches verloren hatte, zweifellos eine Tochter, und dass ihr folglich nichts übrig blieb als Lästerung, Wahnsinn oder bleiche Ergebung.

Der Ankömmling war jung, und die Jugend wirkt in ihren Lebensfaden gern die goldnen Maschen der Hoffnung ein.

Er war nicht überzeugt und wollte es nicht sein, dass die, die dort lag, ihn nicht im Schlafe stören könnte. Er sagte zu Roosje: »Zeigen Sie mir das Zimmer, von dem Sie sprechen.«

Roosje zündete eine kleine Lampe an.

»Kommen Sie«, sagte sie, indem sie vorausging und die ersten Stufen der Wendeltreppe hinaufstieg.

Die Lampe verbreitete gerade so viel Licht, dass er auf dem rötlichen, rauchigen Grunde den mageren Schattenriss der Alten erkannte, die bisweilen, von Schluchzen erstickt, stehen blieb und mit schweren Schritten hinaufstieg.

Sie kamen auf den Flur. Zwischen den Pfosten und der Füllung einer schmalen, niedrigen, alten Eichenholztür drang ein Lichtstrahl hervor. Roosje stieß sie auf.

6

Roosjes Gast trat ein. Er sah sich in einem großen Zimmer mit hoher Decke, die auf gekreuzten Balken ruhte und aus dem 14. Jahrhundert stammte. Die hohen Fensternischen durchbrachen eine vier Fuß dicke Mauer; die zu beiden Seiten aufgemauerten Fenstersitze erinnerten an die schlichten Sitten jener fernen, von Poesie verklärten Zeiten. Es fehlten die Bänke, die früher rings um den Saal liefen, und die Truhen, die zugleich als Sitze und

Reisekoffer dienten und den ganzen Reichtum der Familie bargen. Die naiven Skulpturen an den hohen Pfosten des breiten Kamins verschwanden fast unter den zahllosen Tüncheschichten, mit denen unbewusste Vandalen sie seit vier Jahrhunderten immer wieder bedeckt hatten.

Draußen schien der Mond, die Fenster waren ohne Vorhänge. Den Ersatz bildeten die Stämme und Äste entblätterter Linden, die sich schwarz vom blauen, tiefgestirnten Himmel abhoben, aber dem hellen Mond nicht verwehren konnten, den rauen Fußboden des Zimmers mit lichtem Geäder zu sprenkeln.

Zwei Betten standen darin, das eine am Fenster, das andre bei der Tür und ohne Vorhänge. Am Kopfende dieses Bettes stand ein Tisch und auf ihm ein Kasten, der mit einem Tuche bedeckt war und ein großes Kruzifix aus Mahagoni trug; der Christus und der Totenschädel waren aus Buchsbaumholz geschnitzt. Zwei dicke gelbe Kerzen brannten in hohen Holzleuchtern und beschienen das Bett, auf dem eine völlig angekleidete weibliche Gestalt unter den schweren Falten eines groben Bettlakens den letzten Schlaf zu schlafen schien. Auf dem Stück des Lakens, das die Brust bedeckte, lag ein verdorrter Buchsbaumzweig mit verhärteten Blättern. Das schräge Kerzenlicht warf lange Schatten und ließ die Gegenstände scharf hervortreten. Der Ankömmling bat Roosje mit einer Gebärde um Erlaubnis, das Bettuch zu lüften, mit dem Grietje bedeckt war.

»Ja, ja«, sagte Roosje, »nehmen Sie das Tuch fort, dann wird sie weniger tot aussehen.«

Langsam nahm er das Laken ab, mit jener taktvollen Sanftheit, die man Toten gegenüber hat, als fürchte man, ihnen wehe zu tun. Nach und nach erblickte er ein weißes Häubchen, das eine niedrige, kluge Stirn umschloss, schwarze, schön geschwungene Brauen, Lider mit langen Wimpern, eine gerade Nase, die sich zwischen den Brauen und über den großen, durchsichtigen Nasenflügeln rundete. Der Abstand vom Mund war klein. Die vollen, etwas großen, aber feingeschwungenen Lippen stellten das dar, was die Alten den Bogen Amors nannten. Das Gesicht war bräunlich getönt und hatte edle, stark ausgeprägte Züge, die einen sanften, entschlossenen, geduldigen, schlichten und naiven Charakter verrieten. Kleine, feste, runde Brüste hoben sich unter dem Musselinmieder ab. An den Füßen trug sie feine weiße Strümpfe und Ballschuhe aus Goldkäferleder.

»Sehen Sie, Herr«, sagte Roosje, »sehen Sie meinen schönen Schatz, der morgen in die Erde muss. Sehen Sie ...«

Doch der Schmerz erstickte sie; sie barg ihren Kopf in der Schürze, aus der ihre Klagelaute unwillkürlich wie ein Röcheln hervordrangen. Dann wieder fielen ihre Arme am Körper herab und die Schürze, die mit ihnen herabfiel, enthüllte ihr fieberheißes Gesicht und die großen starren Augen, aus denen stille Tränen rannen.

Paul Goethals – so hieß der Ankömmling – glaubte Grietjes Leiche wieder bedecken zu sollen.

Roosje ließ es nicht zu; sie riss das Tuch wütend fort, soweit sie konnte, und richtete sich drohend auf: »Wer hat Ihnen gesagt,« schrie sie, »dass Sie sie vor mir verbergen sollen? Wenn's mir gefällt, das Tuch wegzunehmen, werden Sie mich wohl nicht hindern, meine Tochter anzusehen? Ich will sie sehen, sehen, bis sie fort muss! Die Polizei wird mir's nicht verbieten, denke ich.«

Dann wies sie auf das Gesicht ihrer Tochter, nahm ihr behutsam die Haube ab und strich eine Flut brauner Haare zurück, die in dem Lichtschein rötlich schimmerten.

»Welches Mädchen in Gent«, sagte sie mit zunehmender Rührung, »hat solches Haar, eine so glatte Stirn und einen so festen Geist unter diesem Marmor! Arme Grietje! Und die schönen großen Augen, die ihre arme alte Mutter so gut und so schalkhaft anblickten! Du warst ein verzogenes Kind, nicht wahr, Grietje? – Wirst du mich nie mehr umarmen, mein Kind, mein Kind, mein Kind?« – Roosje heulte und warf sich zurück. – »Nie mehr, Grietje!« Und sie rief sie: »Grietje! Du musst zurückkehren. Grietje, ich bin ganz allein! Grietje!«

Aber die auf dem Bett Liegende blieb unbeweglich.

»Ja, ja«, sagte Roosje wie eine Irre, die mit jemandem redet, der nicht da ist, »ja, ja, mein Mann ist vorausgegangen, um im Reiche der Würmer Quartier zu machen. Sie ist unverheiratet gestorben und hat mir nichts hinterlassen, was ich nach ihr lieben könnte. Und doch hätte meine Brust und mein Blut einem Kinde Milch gegeben, stärker als Wein. Und dies Bein – gibt es in Gent ein Mädchen, das dergleichen zu zeigen hätte? Das war gemacht wie die Standbilder, und das muss unter die Erde, und das hässliche Gelichter bleibt droben. Sagen Sie doch,« wandte sie sich wieder an ihren neuen Gast, »Sie mögen ja ein sehr feiner Herr sein, aber hätten Sie nicht solch ein Mädchen als Dame in Ihrem Hause haben mögen?«

»Das will ich meinen«, antwortete er.

»Ja«, sagte Roosje, »aber Sie hätten sie nicht gekriegt.«

Und sie streichelte sanft die Haare und das Gesicht ihrer Tochter.

Roosjes Gast blickte Grietje unablässig an, mit der gespannten Aufmerksamkeit eines Beobachters, der an die Wirklichkeit dessen, was er vor Augen hat, nicht zu glauben scheint.

Sie sah, wie er aufstand, einen Spiegel nahm, ihn dicht vor Grietjes Mund hielt, ihren Puls fühlte, seine Hand unter ihre linke Brust legte, auf den Handrücken klopfte und horchte.

»Was tun Sie da, und wer sind Sie?«, sagte sie mit unbestimmter Hoffnung.

»Ich bin Arzt«, antwortete er.

»Arzt!«, rief Roosje und wurde plötzlich demütig und ehrerbietig. »Herr Doktor, ist es wahr, dass Grietje tot ist?«

»Ich weiß es nicht«, sagte er.

»Tun Sie, was Sie müssen.«

Der Ankömmling hob Grietjes Kopf hoch und ließ ihn eine Weile in seinen Händen ruhen.

»Ist es lange her«, fragte er, »dass Ihr Arzt das Mädchen für tot erklärt hat?«

»Drei Stunden, bevor Sie kamen, Herr Doktor.«

»Seit wann ist nach seiner Behauptung das Unglück ge-schehen?«

»Seit siebenundzwanzig Stunden«, antwortete Roosje, an den Fingern zählend.

»An welcher Krankheit soll denn Ihr Kind gestorben sein?«

»An einem Schlaganfall, wie er noch keinen gesehen hat.«

»An einem Schlaganfall,« lächelte Paul. »Die Haare sind ja noch warm,« setzte er hinzu.

»Was sagten Sie?«, fragte Roosje. »Ich sage, dass die Haare noch warm sind und dass dies nicht die Farbe ei-ner Toten ist. Ich sage, dass Ihr Arzt sich vielleicht geirrt hat.«

»Was!« keuchte Roosje. »Sind Sie wirklich ein Arzt?«

»Ja.«

Roosje schauerte vor Hoffnung und lachte mit verzerr-ter Miene.

»Also«, sagte sie, »also Sie sagen, dass es nicht sicher ist, ob Grietje tot ist?«

»Ich bin dessen nicht sicher.«

»Noch einmal.«

»Ich bin dessen keineswegs sicher.«

Roosje ergriff ihn beim Arm und führte ihn zu einem mit Wachstuch bedeckten Holztischchen zwischen zwei Fenstern. Sie zitterte wie ein Blatt im Winde, öffnete mehrmals den Mund, um zu sprechen, und schluckte ih-re Worte jedes Mal herunter. Endlich schlug sie auf den

Tisch. »Höre«, sagte sie, zugleich lachend und weinend und den Mann ansehend, als wollte sie ihn verschlingen. »Höre: Wenn du das nicht gesagt hast, um mich zu foppen, wenn du nicht gelogen hast, wenn du dies Lamm rettest, das für den Schlächter gezeichnet ist, so zahle ich dir in Gold, in Banknoten und in Fünffrankenstücken zehntausend Franken, hörst du, zehntausend Franken.«

Und die alte Roosje weinte, aber das waren andre Tränen als die der Mutterliebe.

»Komm nun«, fuhr sie gebieterisch fort und zog den Ankömmling zum Bette, »sieh sie dir an, aber gut!« Sie drohte ihm mit der Faust. »Und sage mir, warum du glaubst, dass Grietje nicht tot ist.«

»Weil ich«, antwortete Paul, »nur die Ruhe einer tiefen Ohnmacht sehe, und nicht den harten Ausdruck des vom Leben verlassenen Körpers.«

»Wenn du lügst«, sagte Roosje, »so bist du ein Elender!«

7

Roosje setzte sich ans Kopfende und Paul zu Füßen des Bettes. Lange betrachteten beide Grietje, aber sie rührte sich nicht.

Plötzlich stand Roosje auf, nahm das Kästchen, das Tuch, das Kruzifix und die beiden Leuchter vom Tische, rückte ihn ans Bett, setzte die Leuchter wieder hin, stellte das Kruzifix auf den Kamin und sagte:

»Doktor, ich nehme den Altar weg, das bringt dem Kinde vielleicht Glück.«

»Haben Sie guten Essig im Hause?«, fragte er.

Roosje zauderte einen Augenblick mit der Antwort. Sie tat sich Gewalt an, als hätte man ihr die Wahrheit mit Zangen aus den Zähnen gerissen. Dann sagte sie errötend: »Nein, er war zu stark, ich habe zur Hälfte Wasser in die Flaschen gießen müssen.«

»Und?« versetzte Paul, als ob er noch etwas andres wollte.

»Verlangen Sie nichts mehr von mir«, sagte sie flehentlich. »Ich konnte das nicht voraussehen,« setzte sie, in Tränen zerfließend, hinzu, »aber sagen Sie, was Sie brauchen, koste es, was es wolle, ich gehe und hole es. Und Sie sollen sehen, ob ich laufen kann.«

»Jemand wird schneller laufen als Sie.«

»Wer?«

»Siska.«

»Und die Wirtsstube?«

»Wird heute Abend geschlossen«, erwiderte Paul und ging auf den Flur, um Siska zu rufen.

Sie kam alsbald herauf, mit dem Lärm eines Arbeitspferdes, an das ihr Benehmen auch sonst gemahnte.

Sie blieb vor dem Doktor stehen, der ein Rezept schrieb. Dann gab er es ihr und sagte:

»Geh zum Apotheker van Beckerlaer, fünf Minuten von hier.«

»Ich kenne ihn.«

»Gib ihm dies Rezept. Wenn er sagt, dass er eine Weile braucht, um es zu machen, so bitte ihn um die einzelnen

Bestandteile. Ich schreibe es übrigens unter meinen Namenszug. Es braucht nicht schön auszusehen, aber es ist unerlässlich, dass du es rasch bekommst. Laufe.«

»Geld.«

Roosje ging langsam zu ihrer Tasche und beeilte sich gar nicht, ihre Börse zu finden. Der Doktor gab Siska fünf Franken. In Erwartung ihrer Rückkehr füllte er einen großen Krug zu zwei Drittel mit Wasser.

Nach zehn Minuten war Siska zurück. Der Doktor nahm ihr ein Päckchen aus der Hand, das eine salzartige Masse enthielt, und schüttete sie in den Krug, ebenso den Inhalt eines Fläschchens und dann den eines andren, das, kaum entkorkt, einen scharfen alkalischen Geruch im Zimmer verbreitete. Er rührte die Mischung mit beiden Händen, und sie kamen rot, fast blutig daraus hervor. Die beiden Frauen niesten und husteten.

»Holen Sie mir Flanell,« gebot er Roosje.

»Meinen Unterrock«, rief Siska, »nehmen Sie meinen Unterrock, Herr Doktor.«

»Ein ganz neuer Unterrock,« versetzte Roosje.

»Schadet nichts, Herr Doktor«, sagte Siska. »Nehmen Sie ihn.«

Sie zog unter ihrem Kleid ihren Unterrock aus und zerriss ihn in Stücke, bevor Paul Zeit hatte, es zu hindern.

»Der liebe Gott wird ihn mir ersetzen«, sagte sie.

»Siska«, sagte Paul, der entschlossen war, in diesem Falle für sie der liebe Gott zu sein, »geh und hole mir jetzt alle Bettdecken, die im Hause sind.«

»Geben Sie mir den Schlüssel zum Wandschrank, Frau«, sagte Siska zu Roosje.

»Ich gehe und hole sie selbst,« versetzte diese, »sie sind nebenan in der Kammer.«

Roosje verwahrte die Wäsche und die Haushaltungsgegenstände in dem Schrank, dessen Schlüssel sie Siska nicht anvertrauen wollte. Sie nahm ein Bündel alter und neuer Decken heraus, es waren ihrer zehn.

»Hören Sie jetzt gut zu«, sagte Paul. »Sie werden Ihre Tochter vom Kopf bis zu Füßen ausziehen, dann werden Sie ihr zwei Decken unterlegen, die mit der Mischung aus dem Kruge getränkt sind.«

»Werden sie dadurch verdorben?«, fragte Roosje. »Sie werden aus ein paar Fetzen des Unterrocks Bäusche zum Reiben machen, sie in die Mischung tunken und damit Grietjes Körper vom Kopf bis zu Füßen reiben. Du, Siska, wirst deine Kräfte anspannen, und wenn du und die arme Frau da müde bist, nimmst du eine andere Decke, tauchst sie in die Mischung und legst sie auf den Körper und alle anderen obendrauf; nur der Kopf muss frei bleiben.«

»Wenn's nur darauf ankommt, sie zu reiben und zu schütteln, bis sie aufwacht ...«, sagte Siska, streifte sich die Ärmel bis über den Ellenbogen auf und griff nach den Fetzen ihres Rockes. »Vorwärts, Mutter, an die Arbeit! Und Sie, Herr Doktor, gehen Sie hinaus, Sie gehören nicht hierher. Wir werden Sie rufen, wenn wir fertig sind.«

»Wenn Sie mich brauchen«, sagte er, das Zimmer verlassend, »so bin ich auf dem Flur.«

Dort blieb er und hörte die beiden Frauen um die Wette husten und niesen. Roosje sagte: »Wie kalt sie ist, armes Lamm!« Und Siska: »Wohlan, junge Herrin, die Würmer werden Sie noch nicht kriegen, wir werden Sie aufwecken. Ich tu' Ihnen weh, Grietje, nicht wahr? Aber es geschieht zu Ihrem Besten, gute Herrin. Das brennt Ihnen stark auf der zarten Haut, armes Gotteskind, aber sie wird von selbst wieder heil werden.«

»Du reibst zu stark«, sagte Roosje, »Du reißt sie ja in Stücke.«

»Nein, Frau, ich weiß, was der Doktor will; das Blut soll in die Haut kommen. Merken Sie, wie stark das ist und wie warm?« »Es ist ein Segen, dass er hergekommen ist«, sagte Roosje.

»Ja, ein Segen, das glaub' ich auch,« versetzte Siska. »Sind Sie müde, Frau?«

»Ich habe mehr Kraft als du,« erwiderte Roosje.

»Die kleinen mageren Frauen«, sagte Siska, »die sind wie von Eisen. Also reiben wir!«

»Verschonen Sie das Gesicht«, rief der Doktor von draußen.

»Gut«, sagte Siska, »kommen Sie noch nicht herein! Mut, Frau!«

»Sie ist recht schwer«, meinte Roosje.

»Das finde ich nicht«, antwortete Siska, »doch ja ... doch nein. Wie schade, mein Gott, wenn es wahr wäre! Sie ist so schön, so gut, arme kleine Herrin! Gott im Himmel! Jesus, God en Maria! Gute Mutter! Gib sie uns wieder, sie hat nie was Böses getan, sie war so brav.

Niemals haben die Burschen schlecht von ihr gesprochen. Gib sie uns wieder! Jesus! Maria! Und ich will dir alle Samstag eine dicke Kerze zu vier Sous weihen. Gib sie uns wieder!«

Roosje schluchzte von Neuem. Mitten in ihrem Schluchzen und dem Klang der Worte hörte Paul das Geräusch des Reibens und das heftige Schütteln ihres Körpers. Plötzlich rief er:

»Genug! Deckt sie jetzt zu.«

Das war im Nu geschehen.

»Kann ich jetzt herein?«

»Ja, Herr Doktor«, sagten beide.

8

Eine plötzliche Stille folgte dem wilden Getriebe. Roosje und Siska standen, noch vor Anstrengung keuchend, mit gefalteten Händen da und hefteten die Blicke auf das junge Mädchen, sahen aber nichts von ihr als ihr langes, braunes Haar, das nach allen Richtungen über das Kopfkissen floss und ihr bleiches Gesicht dunkel umrahmte.

Die beiden Lichter auf dem Tisch ließen die reine Rundung und den sanften, festen und naiven Ausdruck von Grietjes Profil hervortreten.

Das Schweigen währte zehn Minuten – zehn Jahrhunderte. Roosje brach es, indem sie zu Paul sagte:

»Nun, wenn das Ihre Arznei ist, Ihre berühmte Arznei, dann gratuliere ich Ihnen zu Ihrer Arznei ... Sie sehen, wie sie wirkt!«

Sie schien Lust zu haben, ihn zu beschimpfen, wagte es aber noch nicht. Er blieb ruhig und gütig und mochte nicht einmal streng werden.

»Geduld, arme Frau!«, antwortete er.

»Was Geduld und arme Frau!« platzte Roosje heraus. »Gesundmachen sollen Sie sie.«

»Ich glaube, ich kann es Ihnen versprechen,« versetzte er.

»Ich glaube ... ich ... kann,« wiederholte Roosje, indem sie jede Silbe näselnd betonte. »Ich ... glaube ... ich kann ... Ein schönes Lied, das Sie mir da singen!«

»Frau«, sagte Paul, noch immer sanft, »ich bitte Sie noch um ein paar Minuten Geduld, dann werden Sie weniger betrübt sein als jetzt. Wollen Sie den Beweis?«

»Ja«, sagte Roosje mit wackelndem, drohendem Kopfe.

»Hören Sie denn. Es friert, dass die Steine bersten, und Sie haben sicherlich gefrorenes Wasser.«

»Das will ich meinen«, sagte Siska, »einen ganzen Kübel voll. Ich wollte meine Wäsche drin spülen, die seit zwei Nächten im Hofe hängt. Sie finden drei Finger dick Eis drauf. Brauchen Sie welches, Herr Doktor?«

»Ja«, sagte er, »ein Stück, so groß wie ein Handteller.«

Siska nahm abermals ein Licht und stürzte die Treppe herunter. Dabei machte sie einen Lärm für drei.

Roosje schwieg, eingeschüchtert durch das Stück Eis, mit dem man ihr den Beweis liefern wollte, dass Grietje wieder auferweckt werden könnte.

Paul hörte, ohne es zu sehen, wie Siska im Hof mit dem Absatz ihrer groben Schuhe das Eis des Kübels zertrat.

Dann kam sie mit dem gewünschten Stück wieder. Paul legte es auf Grietjes Stirn.

Das Eis bildete einen kleinen Block von einigen Zentimetern Höhe und Breite mit einem Bruch auf der Oberseite, der bei dem gelblichen Kerzenschein im Dunkeln schimmerte wie ein großer, Licht sprühender Diamant.

Roosje wurde immer verstörter und schwieg still. Paul sagte zu ihr:

»Sobald Sie das Eisstück schmelzen sehen, können Sie sagen, dass Wärme und Leben in die Stirn Ihrer Tochter zurückkehren.« Roosje erwiderte nichts und sah hin. Das dauerte lange. Sie musste eine starke Dosis Willenskraft haben, um so ruhig zu erscheinen, trotzdem ihre Verzweiflung schon fast in Wut überging, die bereits in ihren grauen Augen blitzte und ihre Nasenflügel heftig blähte.

Paul war ebenso erregt wie Roosje und hielt den Atem an. Er blickte auf das Stück Eis, das aber so wenig schmelzen wollte wie Marmor. Die starren, glühenden Blicke der Alten schienen sich daran festzusaugen. Paul sah sie zusammenschauern und fürchtete eine Gehirnkongestion, denn er sah ihr das Blut zu Kopfe steigen und ihre Augen und Backenknochen sich rot färben. Bisweilen sah sie aus wie eine Hoffende; dann zuckte ein bleiches Lächeln um ihre dünnen Lippen; aber alsbald schwand es wieder vor diesem Anblick, der für sie das Bild des Todes war. Und ihr alter, magerer Rücken krümmte sich noch mehr, und die Runzeln ihrer Stirn gruben sich noch tiefer ein und sie ballte die Fäuste. Wäre das Eis, das nicht schmelzen wollte, ein lebendes Wesen gewesen, sie hätte es erwürgt und mit den Händen zerrissen. Denn fürwahr, es lag unbeweglich und glänzend auf Grietjes Stirn und schimmerte im Kerzenlicht wie ein Todesdiamant, ein kalter Dämon mit steinernem Herzen, der das Leben verneinte und den Tod bejahte.

»Schmilzt es noch nicht, Herr Doktor?«, fragte Roosje mit einer Stimme, in der keine Tränen mehr waren.

»Nein«, antwortete er traurig.

Noch immer leuchtete Grietjes stolzes und sanftes Gesicht in dem schwelenden Kerzenschein in Rembrandtschem Helldunkel, aber das glänzende, unselige Stück Eis wollte nicht schmelzen.

Roosje verlor die Geduld. Sie zischte höhnisch zwischen den Zähnen und sagte mit immer lauterer Stimme: »Ich wusste ja, dass es nicht schmelzen wird. Es fällt ihm nicht ein, zu schmelzen! Das wäre ja Hexerei!«

Ihre Augen füllten sich mit Hass.

»Geduld,« mahnte Paul.

»Geduld!« wiederholte Roosje mit noch schneidenderem Lachen. »Geduld! Es schmilzt nicht, es wird nie schmelzen. Sie sind ein Esel und ein Henker wie die anderen. Ja, wenn die schönen Herren, die Latein können, ihren schwarzen Rock anziehen, dann ist's, als ob ganz Gent ihnen gehört. Aber wenn es gilt, ein armes Kind zu kurieren, das nicht mal krank war, dann sind sie gleich mit ihrer Weisheit am Ende. Sieh mich nicht so an mit diesen Blicken, die gutmütig sein sollen. Du bist zu jung, um ein Arzt zu sein. Du gibst dir umsonst ein ernstes Aussehen, du bist und bleibst ein Narr und ein Heuchler!«

Dann ahmte sie näselnd Pauls Stimme nach: »Ich werde sie kurieren, Frau; das Mädchen ist nicht tot.« Nun siehst du wohl, dass sie doch tot ist, Wysneus (Naseweis), Kurpfuscher, der du bist, anmaßlicher Prahlhans! Erwecke sie doch, da sie ja nicht tot ist! Das war nötig, für dies schöne Geschäft einen nagelneuen Unterrock zu zerreißen und zehn Decken mit der stinkenden Lauge zu verderben, die ich dir am liebsten ins Gesicht gösse. Du siehst, hm, wie dein Eis schmilzt? Wie mein Pantoffel, nicht wahr?« Und mit einem Fußtritt schleuderte sie ihren Pantoffel zehn Schritt weit fort. »Hm, schmilzt dein Eis? Wie ein Stück Holz, nicht wahr? Du Betrüger, der du bist, wage nur, Geld für deinen Besuch von mir zu fordern, und du sollst sehen, mit welcher Münze ich dich bezahlen werde, schändlicher Heuchler!«

Bei diesen Worten stand sie auf, um zitternd und wütend ihren Pantoffel aufzuheben. Dann setzte sie sich wieder ans Bett.

Plötzlich richtete sie sich auf; ein furchtbares Zittern durchfuhr ihren ganzen Körper, sie streckte Grietje liebkosend die Arme entgegen, riss in entsetzlicher Freude die Augen weit auf und öffnete den Mund wie eine Irre. »Es schmilzt«, sagte sie, »das Eis schmilzt.«

Und sie warf sich auf die Knie und flehte: »Oh, Verzeihung, Herr Doktor!«

Er hob sie auf und umarmte sie mit sanftem Lächeln.

Sie wollte sich auf das Bett werfen und die Decken fortreißen; er hielt sie zurück. »Lassen Sie die Natur und das Mittel wirken.«

Sie blickte ihn an wie einen Engel, der ihr in einem verzückten Traum erschienen wäre.

Siska, die bisher still und schweigsam gewesen war, lachte und weinte in einem. Sie trat ans Bett, um Grietje zu betrachten, warf sich auf die Knie, dankte Gott und der Jungfrau, umarmte Paul, sprang ihm an den Hals, zwang ihn, mit ihr zu tanzen, ging wieder ans Bett, beugte sich über Grietjes Gesicht, und aus ihren kleinen Augen sprach eine lange verhaltene, nun aber überströmende und grenzenlose Liebe. Roosje war noch immer außer sich. Sie fuchtelte planlos mit den Armen und lachte ein Lachen, das furchtbarer war als ihre Tränen. Ihr so lange gepresstes Herz weitete sich und schien ihr in der Brust zu zerspringen. Wie eine Verrückte stand sie da, wild und ganz in Feuer, und rief triumphierend: »Das Eis schmilzt! Es dreht sich, es dreht sich auf der Stirn meines Kindes, meiner Grietje, es dreht sich. Es wird aufs Kissen fallen, ja, ja, es wird fallen. Doktor, Herr Doktor, Verzeihung!«

Der Doktor streichelte sie wie ein Sohn und versuchte sie zu besänftigen.

»Sehen Sie«, sagte sie, »man weiß nicht, was man tut, wenn so etwas geschieht. Ich habe Ihnen hässliche Worte gesagt, ich werde es nicht mehr tun! Und wenn ich sterben sollte ... ja, aber nicht gleich, dann werde ich Sie rufen lassen, und Sie werden dem Sensenmann sagen, dass er nicht herein darf. Und er wird es nicht wagen. Sie sind mein Sohn, mein Schatz! Es schmilzt, das Eis schmilzt; es gleitet an ihrer Wange herunter. Es fällt zu Boden. Sie sind der liebe Gott, Herr Doktor!«

Dann näherte sie sich sacht ihrer Tochter, hob ihr behutsam den Kopf hoch und küsste sie so sanft, als ob sie aus Glas wäre. »Warm!«, sagte sie ganz leise. »Sie ist warm!«

Grietje erwachte allmählich; ein unmerkliches Lächeln, das Lächeln der Gesundheit, umspielte ihre Mundwinkel und ließ den Schmelz der weißen Zähne unmerklich hervorschimmern. Sie schlug die Augen auf, große braune, noch erloschene und doch schon sanft blickende Augen. Sie blickte sich um, hustete mehrmals und sagte ungeduldig:

»Ich brenne, nehmt das weg.«

Sie stieß die Decken mit dem Fuße zurück und lag nackt und schön da wie ein Geschöpf Tizians. Ihr mattweißer Leib mit den feinen Gliedern, mit den anmutigen, in ihrer Rundung noch jugendlichen Formen schimmerte goldig im Kerzenschein wie der Leib der bleichen Diana, die plötzlich in die Schmiede Vulkans hinabsteigt.

Es war wie ein Blitz; im Handumdrehen hatte Roosje die Decken wieder über den Leib ihrer Tochter gelegt. »Schämst du dich nicht?«, sagte sie. »Es ist jemand da.«

Dann küsste sie sie lange. Grietje erwiderte ihre Küsse im Halbschlaf. »Noch einen«, sagte die alte Mutter, »noch einen, mein Kind!«

Grietje streckte die Arme aus den Decken hervor, fasste sie beim Kopf und umarmte sie gleichfalls. Dann zog sie die Arme fröstelnd zurück. »Wer hat mich«, fragte sie, »so nackt in diese Wolle gelegt?«

»Sie spricht«, sagte Roosje, »sie spricht!«

»Ich will aufstehen«, sagte Grietje.

Die Alte weinte und lachte zugleich, schüttelte den Kopf und schien irrsinnig. »Ach, du willst«, sagte sie, »sag es noch mal: »Ich will.« Das steht dir so gut: »Ich will.«

»Ich will nicht sagen: ich will,« antwortete Grietje. »Mutter, kleide mich an.«

»Ja, kleiden Sie sie an«, sagte der Doktor und trat hervor. »Wer ist der Herr da?«, fragte Grietje voller Scham.

»Ein Arzt, der dich aus dem Sarge gerettet hat«, sagte Roosje.

»Er ist viel zu schön für einen Arzt«, sagte Grietje mit einem reizenden Mäulchen. »Warum geht er weg?«

»Damit wir dich anziehen können, Kind.«

»Ach ja, aber er soll bald wiederkommen.«

Paul ging hinaus. »Das schöne, verzogene Kind!«, sagte er in Gedanken bei sich, als er die Treppe hinunterging.

Und er fühlte, wie ein seltsamer Wahnsinn ihm ins Gehirn stieg. Er hätte mit zwanzig Männern kämpfen mögen, sie besiegen und doch nicht töten, seine arme, alte, tote Mutter wiedersehen, ihr um den Hals fallen können und wie einst als Knabe zu ihr sagen: »Ich liebe, Mama, und will heiraten, was du so wünschest.« Und er weinte in seiner Trauer und lächelte in der unendlichen Zärtlichkeit der unbezwinglichen Liebe, die ihn ergriff. Eine Katze, die allein im Erdgeschoss des Gasthauses geblieben war, schlich von Tisch zu Tisch und sah mit verstörtem Blick eine bleiche Nachtlampe anstelle der Holzleuchter, die sonst in dem Lärm aller Abende brannten.

Sie sprang auf den Doktor und wurde mit so heftigen Liebkosungen empfangen, dass sie mit einem Tatzenhieb und einem Biss in die Hand des Schwärmers antwortete, der sich bei seinem Gefühlsüberschwang im Gegenstande vergriffen hatte.

9

Paul hörte unten, wie Roosje im Zimmer umherlief, sang und tanzte.

Nach fünf Minuten kam sie herunter.

»Grietje hat Hunger«, sagte sie, »was kann ich ihr geben?«

»Kräftige Fleischbrühe.«

»Mein Gott,« versetzte Roosje, »Fleischbrühe mache ich nur am Sonntag, und nur für sie.«

»Haben Sie andere Suppe?«

Roosje errötete. »Ja«, sagte sie beschämt, »aber sie ist sehr dünn. Ich hatte sie für mich gemacht.«

»Geben Sie sie ihr, wie sie ist,« entschied der Doktor. »Nachher geben Sie ihr ein Glas alten Wein. Haben Sie welchen? Ja, aber wirklich alten und guten.«

»Gewiss.« »Was für ein Wein ist es denn?« »Bordeaux.« »Bordeaux kann sie haben.«

Roosje ging in den Keller. Beim Heraufkommen sagte sie mit zitternder Stimme: »Sehen Sie, das ist Bordeaux, Bordeaux von einem säumigen Schuldner, hundert Flaschen für eine Schuld von tausend Franken. Kosten Sie mal, hier ist der Korkenzieher. Sie können auch ein Glas trinken, da Sie sie ja kuriert haben.«

Sie holte ein Glas. Er setzte es nur an die Lippen, reichte es ihr und bat sie, auf die Gesundheit des Kindes zu trinken. Roosje nahm es, trank es aus, schnalzte

4o mit der Zunge, steckte den Korken in die Flasche und sagte: »Jetzt gehe ich und wärme die Suppe für Grietje.«

Paul folgte ihr in die Küche und sah, wie sie nur ein kleines Reisigbündel ins Feuer legte, um es anzuzünden.

»Tun Sie vier hinein«, sagte er, »Grietje hat keine Zeit zu warten.«

»Vier!« fuhr Roosje auf. »Geht es nicht mit dreien?«

Und sie dachte, dass dieser Doktor, der vier Reisigbündel brauchte, um Feuer zu machen, eines Tages unweigerlich auf dem Stroh sterben würde.

Trotzdem setzte er seinen Willen bei Roosje durch.

Die vier Reisigbündel flammten hell auf und bald dampfte die Suppe in dem Tiegel, in den Roosje sie gegossen hatte.

Sie stellte den Tiegel auf ein Brett und legte die angebrochene Flasche waagrecht daneben, damit sie nicht umfiele; sonst hätte sie ja eine andere holen müssen. Dann ging sie zu ihrer Tochter hinauf.

10

Nach einer Weile hörte der Doktor, wie er von oben gerufen wurde.

»Kommen Sie herauf, Herr«, sagte Roosje, »kommen Sie herauf, meine Tochter ist angezogen.«

Er ging hinauf und fand Grietje völlig angekleidet im Bett.

»Warum sind Sie nicht aufgestanden?«, fragte er sie allzu zärtlich. »Weil ich mich im Bett wohler fühle.«

»Sind Sie kräftig genug, um aufzustehen?«

»Ja, wenn ich wollte.«

»Warum wollen Sie nicht?«

»Weil ich nicht will.«

»Sehr gut«, sagte er.

»Nein, das ist nicht sehr gut,« versetzte Roosje. »Ich möchte wirklich wissen, wer Ihnen ein Recht gibt, sie zu quälen! Kaum öffnet sie die Augen und schon wollen Sie, dass sie aufsteht. Bleib, Grietje, bleib im Bette, mein Lamm.«

»Nein, ich will nicht im Bette bleiben, ich will spazieren gehen.«

Grietje sprang aus dem Bett.

»Fräulein«, sagte Paul, »wenn es Ihnen recht ist, wollen wir den Spaziergang zunächst im Zimmer beginnen. Geben Sie mir den Arm.«

Grietje gehorchte.

Sie machten zusammen ein paar Dutzend Schritte, und Paul fand, dass sie für eine Auferstandene gut ging.

Die Mutter folgte ihnen mit gefalteten Händen und sagte: »Wie schön ist sie so! Strenge dich nicht an, Töchterchen, geh nicht zu viel, Liebling. Ach, Herr, was sind Sie für ein braver Doktor!«

Grietje verlangte, sich wieder zu setzen. Paul, Roosje und Siska taten desgleichen.

Roosjes Gesicht, das seit Grietjes Erwachen aufgeblüht war, zog sich plötzlich zusammen. Sie senkte den Kopf, blickte Paul schief an, ballte die Fäuste, knirschte mit den Zähnen, schien sich die Haare raufen zu wollen und ging mit den Worten hinaus: »Jesus, Maria! Jesus, God en Maria! Warum hab' ich so was versprochen!«

Grietje war aufgestanden und hatte wieder Pauls rechten Arm genommen. Sie stützte sich mit ihrer ganzen Schwere darauf und sagte: »Wenn ich Ihre Frau wäre, würden Sie mir diesen Arm geben oder den anderen?«

»Sie wissen es besser als ich«, antwortete er.

»Geben Sie mir den anderen ...«

»Nehmen Sie ihn, M ..., mein Kind.« Er wollte Margarete sagen.

»Ihr Kind? Ich bin kein Kind, ich bin bald achtzehn Jahre, ich will, dass Sie mich Fräulein nennen.«

Bei diesen Worten sah sie ihn mit ihren großen braunen Augen an. Auch Paul sah sie an und fand, dass diese Augen eine Farbe wie Samt hatten, hinter dem ein starkes Feuer glomm.

»Warum sehen Sie mich an?«, fragte Grietje plötzlich.

»Ich weiß nicht«, sagte der Doktor mit bewegter, etwas trauriger Stimme.

Grietje fuhr fort: »Sie sollten es wissen, da Sie alles wissen. Warum senken Sie den Kopf? Warum sehen Sie mich wieder an? Machen Sie die hässlichen Augen zu.

Sehen Sie meinen Arm an? Meine Mutter sagt, dass er schön ist. Ists wahr?«

»Ja, zu schön.«

»Warum zu schön? Warum sind Sie traurig? Ich habe es gern, dass Sie traurig sind. Ich sehe es gern, dass Sie mich ansehen.« Er gehorchte gern.

»Wissen Sie wohl«, sagte sie, »dass Ihre Augen schön sind und dass ich Sie gern habe?«

»Und ich Sie erst!« stieß er hervor, zog Grietje an sich und bedeckte sie mit Küssen.

Grietje entzog sich seinen Armen nicht. Dieser Mangel an Widerstand flößte ihm fast Angst ein.

»Weißt du wohl«, sagte er ganz leise, »dass sich das für ein großes Mädchen wie du nicht schickt, sich von einem jungen Mann küssen zu lassen?«

»Warum nicht, wenn's mir gefällt?«

»Gefällt es dir zum ersten Mal?«, fragte er, schon eifersüchtig auf Grietjes Vergangenheit.

»Ja«, sagte sie.

»Und wenn dir ein anderer Mann gefallen hätte, hättest du ihm erlaubt, dich zu küssen?«

»Gewiss.«

»Und wenn heute einer käme oder morgen? ...«

»Schweigen Sie«, sagte sie gebieterisch und unwillig.

11

Roosje kehrte zurück, in der einen Hand einen Geldsack, in der anderen eine Brieftasche. Sie setzte sich an das mit Wachstuch bedeckte Tischchen, legte den Sack und die Brieftasche darauf und blickte Paul hart an.

»Sie sind nicht gegangen«, sagte sie, »weil Sie auf das Geld warten, nicht wahr?« Paul blickte sie erstaunt an. Grietje eilte zu ihr und rief: »Mutter, was hast du denn, und was willst du mit all dem Gelde?«

»Schweig«, sagte Roosje.

»Mutter ist böse, ich weiß nicht warum,« versetzte Grietje.

»Komm«, sagte Roosje zu ihr, »komm.«

Sie stand auf, nahm den Sack und die Brieftasche mit und verließ mit ihrer Tochter die Stube. Auf dem Flur blieb sie stehen, schloss die Tür und sagte, während sie den Sack und die Brieftasche mit ihren zitternden Händen schüttelte: »Weißt du, was da drin ist? Achttausendfünfhundert Franken in Banknoten und in dem Sack eintausendfünfhundert Franken.«

»Zehntausend Franken?«, rief Grietje aus.

»Zehntausend Franken«, brummte Roosje, während sie ihre Tochter mit Küssen bedeckte. »Zehntausend Franken, die ich dem Doktor versprochen habe; wenn er dich vom Tode rettet. Ja, du kannst deine alte Mutter sehr lieb haben, denn sie gibt zehn Jahre ihres Lebens für dich hin; ja, zehn Jahre, Grietje, denn morgen werde ich in meinem Bett liegen und nicht mehr aufstehen, des bin ich sicher! Zehntausend Franken!«

»Zehntausend Franken!« wiederholte Grietje. »Hat er diese Summe von dir verlangt?«

»Nein, ich glaubte, du wärest tot, und war so dumm, sie ihm anzubieten. Ach, so lange arbeiten um dies elende Geld und es so einem Laffen in die Tasche schütten! Aber du lagst da auf deinem Bette, kalt, mit geschlossenen Augen; ich hatte den Kopf verloren, ich hätte alles gegeben, ja alles, wenn er es verlangt hätte. Ach, wenn's ein Mittel gäbe, ihn zu bewegen, dass er das nicht verlangt! Ein Besuch kostet höchstens fünf Franken, wenn es ein Arzt für die Reichen ist. Halt, du bist so jung und hübsch, geh zu ihm, rede mit ihm, vielleicht hört er auf dich. Tu das, Grietje, für mich, für deine arme Mutter, und wenn er nicht auf dich hört, werde ich ihn bezahlen, denn ich habe es versprochen, und nachher finde ich schon einen Strick, um mich aufzuhängen.«

Grietje blickte ihre Mutter an und bekam Angst; sie wusste, dass Roosje einer solchen Verzweiflungstat fähig war.

Sie ließ Roosje mit ihrem Sack und ihrer Brieftasche auf dem Flur und trat ins Zimmer, während sie die Tür angelehnt ließ. Roosje horchte keuchend.

Grietje ging auf Paul zu.

»Herr Doktor«, sagte sie, »ist es wahr, dass Sie von meiner Mutter zehntausend Franken verlangt haben, um mich gesund zu machen?«

»Ich, nein, sie bot sie mir an.«

»Verlangen Sie, dass sie sie Ihnen bezahlt?«

»Für wen halten Sie mich?«, fragte Paul, die Achseln zuckend.

»Was sagen Sie?«, fragte eine vor Erregung erstickte Stimme aus der Tiefe des Zimmers durch die halb offene Tür. Es war Roosje, die mit weit aufgerissenen Augen, das Gesicht von der doppelten Erregung der Angst und Hoffnung verzerrt und wie Espenlaub zitternd, bang auf Pauls Antwort harrte. »Kommen Sie doch herein, Frau«, sagte er lächelnd.

»Ja oder nein?«, fragte Roosje.

»Nein«, antwortete er.

»Nein?« wiederholte sie. »Er hat Nein gesagt! Sie wollen keine ... keine zehntausend Franken?«

»Nein.«

»Nein?«

»Nein,« wiederholte er.

»Wirklich?«

»Wirklich.«

Roosje lächelte. »Gehen Sie mir die Hand«, sagte sie, »Sie sind ein kreuzbraver Junge, hi, hi, ein kreuzbraver Junge.«

»Sie macht sich wohl über mich lustig?«, fragte Paul.

»Nein«, antwortete Grietje.

Roosje sprach weiter: »Grietje, schenk dem Herrn Doktor noch ein Glas Wein ein, wenn noch was in der Flasche ist. Ach, Sie sind sehr gut, Herr, sehr gut; ha, ha, ha, ja, sehr gut. Tu den Korken wieder drauf, Grietje!«

Sie erstickte ihr schallendes Gelächter in ihrer Schürze und brachte die zehntausend Franken wieder in die

Truhe, die am Fußboden ihres Schlafzimmers festge-
schraubt war.

12

Siska war hinuntergegangen, um die Wirtsstube wieder für die Arbeiter zu öffnen, die des Samstags dort
lange zu bleiben pflegten. Paul schwieg und blickte
Grietje an. Er schien ruhig, fast traurig; er schwelgte in
dem Überschwang des neuen, starken und träumeri-
schen Gefühls wahrer Liebe; er hörte Engelsgesang an
seinen brennenden Ohren, in denen das Blut, das ihm
rot zum Gehirn strömte, summte. Grietjes geringste Bewegungen dünkten ihm köstlich; ihm war, als dränge er,
wie in ein lichtes Gemach, in das Innerste ihrer jugendlichen Gedanken ein; er fühlte, dass sie die Seele der wahren Frau hatte, die ganz Zärtlichkeit, ganz Zuneigung
ist. Er wollte ihr mit Worten, mit Küssen, mit noch zu
dichtenden Liedern sagen: »Margarete, ich liebe dich,
ich will dich so stark, so glücklich, so sanft glühend sehen, dass der Winterwind dir lau scheint, dass der gefro-
rene Schnee dir ein Rasenteppich dünkt und der bleiche
Schneehimmel dir zum linden Frühlingshimmel wird,
wo die blühenden Obstgärten, die schlohweißen Hage-
dornhecken das Land weithin mit Duft erfüllen. Ich will
...«

Er wollte, dass sie alles sei, was eine Frau sein kann, alles, was sie in den Augen des liebenden Mannes ist. In
seinem Kopfe war ein Tohuwabohu von Liedern, Träumen und Umarmungen mit zwanzig verschiedenen
Frauen, die aber alle Margarete waren. Diese kecken
Gedanken wurden schüchtern, ehrerbietig und bang,

wenn er daran dachte, ihr zu nahen und ihr seine Träume zu gestehen ... Er fühlte, dass seine Seele sich in sanfte Worte auflöste, ganz leise Worte, und dass vielleicht ein Strom von Beredsamkeit in ihm aufbräche, wenn sie ihn ermutigte. Und sie ermutigte ihn. Konnte er mehr verlangen? Sie ergab sich ihm fast. Nein, antwortete ihm sein Stolz, seine Liebe entrüstet. Nein, das ist kein Frauenzimmer, das ist eine Jungfrau, die sich der Küsse und der unschuldigen Hingabe ihres Wesens nicht bewusst ist. Sie hält die Art, wie sie sich hingibt, für die ganze Liebe, und das genügt ihrem nach Zuneigung lechzenden Herzen.

Ein klapperndes Geräusch riss ihn aus seinen Träumen: Roosje lachte ihm schamlos ins Gesicht. Er blickte sie verblüfft an und hörte zu, ohne den Blick auf sie zu heften, damit sie unbefangen reden könnte. »Der gute Doktor, der achtbare Charakter!«, sagte sie. »Wie viele gibt's wohl, die zehntausend Franken ausschlagen würden? Er verdient die Rettungsmedaille für Mut und Selbstlosigkeit. Einen Ertrinkenden aus dem Wasser ziehen ist wenig im Vergleich zu der unerhörten Handlung, dass einer zehntausend Franken nicht in seine Tasche gleiten lässt!«

Und so weiter.

Grietje war ärgerlich, dass ihre Mutter sich so durch platte Scherze erniedrigte.

Paul beschloss, Roosjes Freude etwas zu dämpfen.

»Ich habe Durst«, sagte er.

»Trinken Sie, mein Retter«, sagte Grietje und griff nach der angebrochenen Flasche.

»Eine andere«, sagte er.

Roosje musste sie aus dem Keller holen und zog sie selbst auf, in der Hoffnung, dass Paul dann vielleicht weniger tränke. Er leerte Zug um Zug mehrere Gläser.

Roosjes Gesicht verfinsterte sich.

»Nun, wenn Sie Durst haben«, sagte Grietje, »ich habe Hunger.«

»Hunger,« versetzte Roosje, die Gefahr eines üppigen Mahles witternd, »du willst also zweimal hintereinander essen?«

»Das ist doch das wenigste«, antwortete Grietje, »wenn man zwei Tage lang tot war.«

»Was kann man ihr geben?«, fragte Roosje den Doktor.

Er antwortete: »Ein Dutzend Austern, ein Hammelkotelett, eine Hühnerkeule, Gänseleber und Hummersalat sind unerlässlich für die völlige Wiederherstellung des Fräuleins, alles mit altem Wein begossen.«

»Jawohl«, sagte Roosje, »Austern, Koteletten, Hühnerkeulen, Gänseleber, Hummer! Das ist ja, als wollten Sie mich lebendig aufessen! Ich habe nichts dergleichen im Hause und niemand, der es Ihnen holen kann.«

»Siska«, rief Paul, »frage doch einen von den Leuten da unten, ob er einen halben Franken verdienen will.«

Siska gehorchte. Ehe eine Minute um war, hörten Grietje, Roosje und der schmunzelnde Paul, wie Bass-, Fistel- und Altstimmen gleichzeitig antworteten: »Ich! Ich! Ich!«

»Suchen Sie einen aus, Siska«, rief Paul von oben, »und schicken Sie Ihren Erwählten herauf!«

Sie wählte den Ärmsten, einen Lehrling, der neben einem Arbeiter an einer Tischkante saß und eine magere Schnitte Brot ohne Butter aß. Der Lehrling kam herauf und fragte gar nicht schüchtern, wie er sich das Trinkgeld verdienen sollte.

»Indem du hundert Austern, sechs Hammelkoteletten, ein Huhn, Hummersalat und einen Topf Gänseleber herbringst«, antwortete Paul.

»Sehr gut«, sagte Roosje, »wird das bald alles sein?«

Der Lehrling entgegnete:

»Sie sind ein Herr und gut angezogen; Sie können sich bringen lassen, was Sie wollen. Ich habe nur Lumpen an und muss das alles für Geld holen. Also Geld!« sagte er, die Hand ausstreckend.

Der Doktor wies auf Roosje, die die Taube spielte und aufmerksam nach der Decke blickte.

Der Lehrling klopfte ihr auf die Schultern.

»Geld, Baasin«, sagte er.

Roosje antwortete auf diese Aufforderung nicht.

Der Lehrling klopfte ihr zum zweiten Mal, aber etwas stärker, auf den Arm.

Roosje wandte sich zu Paul und fragte:

»Wie viel muss ich dem Taugenichts geben, damit er Ihr Festmahl, Austern, Hummern, Gänseleber und andere verschwenderische Leckerbissen herbringt?«

»Fünfundzwanzig Franken«, antwortete Paul.

»Ich habe nur einen Zwanzigfrankenschein; legen Sie die fünf anderen dazu?«

»Nein«, sagte der Doktor.

»Ach, Mutter«, sagte Grietje beschämt.

»Siska hat sie vielleicht in der Schublade des Zahltisches. Ich werde sie bei ihr holen.« »Mutter«, sagte Grietje, »du hast doch Fünffrankenstücke in der Tasche; ich höre sie ja klingen.«

»Ja, wirklich,« versetzte Roosje, sich zusammennehmend, aber schon fast außer sich. »Da, Blutsauger, da hast du sie«, sagte sie zu dem Lehrling. »Geh und hol das Essen für die Schlemmer, die bald auf dem Stroh sterben werden. Und wenn du mir das Geld nicht mit der ausführlichen und quittierten Rechnung auf den Heller zurückbringst, schleppe ich dich bei den Ohren zum Polizeikommissar.«

»Gut«, sagte der Lehrling, »aber ohne Trinkgeld gehe ich nicht.«

»Ich gebe dir keins«, sagte Roosje.

»Ich werde es tun,« versetzte Paul.

Der Lehrling witterte einen boshaften Streich und ging vergnügt fort. Er liebte Roosje nicht, die ihm nie ein Glas Wasser geschenkt hatte.

Roosje, Grietje und Paul wurden schweigsam und hörten, wie die Arbeiter nach Siskas Einladung auf das Wohl des Wunderdoktors und der auferstandenen Grietje, des braven Fräuleins Grietje tranken.

Roosjes schlechte Laune währte nicht lange. Sie glaubte ein Mittel gefunden zu haben, den Doktor zu demselben Polizeikommissar zu schleppen, mit dem sie dem Burschen gedroht hatte, wenn er das Geld nicht auf einen halben Heller zurückbrächte. Zweifellos hatte sie die Austern, die Hammelkoteletten, die Gänseleber, den Hummer bezahlt; wer aber hatte dies verschwenderische Mahl bestellt? Der Doktor. Der Lehrling konnte es im Notfall bezeugen. Wer bestellt, zahlt. Ein Wirt schießt Geld vor, um den Tisch eines Gastes zu versorgen, hat aber das Recht, sich die Auslagen von dem Gaste erstatten zu lassen. Das war sonnenklar. Im Notfalle würde sie vor den Richter gehen, den sie schon vor sich sah, eine Art von Trottel, fast stets betrunken oder im Begriff, nüchtern zu werden, auf dem rechten Ohr taub und auf dem linken Ohr schwerhörig.

Roosje sah den Beklagten vor dieser Respektsperson erscheinen, sah, wie er von ihm gezwungen wurde, ihr, der Klägerin, zurückzuzahlen: item, für einen Topf Gänseleber, item für sechs Hammelkoteletten, item für einen Hummer, item für Salat, Öl und Essig und die des Postens 2, zusammen 27.50 Franken. Item für eine noch festzustellende Zahl von Flaschen Bordeaux, je nach dem Durst des Beklagten ... wenigstens sechs Flaschen, von denen sie mittrinken würde, die Flasche aus Gefälligkeit zu 15 Franken, macht zusammen 90 Franken. – So stellte sich vor den Augen der entzückten Roosje die Gesamtrechnung eines üppigen Mahles dar, das ein dritter bezahlte: ein Verdienst von 5 Franken für die Zubereitung der sechs Koteletten und eine unverhoffte Einnahme von 90 Franken für Wein.

Darum kehrte ihre gute Laune wieder und darum blickte sie Paul mit dem stets niedrigen, oft etwas bangen Respekt des Gläubigers vor einem zahlungsfähigen Schuldner an.

Die Austern, die Koteletten, der Hummer und die Gänseleber nahmen in ihren Augen eine ganz andere Gestalt an; es war nicht mehr ihr Geld, ihr Fleisch und Blut, was sie trinken und essen sollte, sondern die fette Frucht der Dummheit des Doktors.

Ihre Freude war so groß, dass sie sie nicht verhehlen konnte.

»Herr Doktor,« fragte sie, »Sie waren großmütig gegen mich, ich muss Sie daher nun auch fragen, was Sie für den Besuch nehmen. Zwei Franken, nicht wahr?«

Der Doktor merkte die Falle; da er aber keine Lust mehr hatte, sich die Rettungsmedaille zu verdienen, antwortete er:

»So lasse ich mich niemals bezahlen.«

»Ha!« machte Roosje, »und wie lassen Sie sich denn bezahlen?«

»Für die Krankheit.«

»Und das duldet die Regierung? Dann könnten Sie ja von mir fordern, soviel Sie wollen ... sogar zwanzig Franken, und ich müsste sie Ihnen bezahlen.«

»Auch hundert Franken.«

»Hundert Franken! Sagen Sie. Sie könnten vor dem Richter hundert Franken von mir fordern?«

Dieser Richter glänzte in ihrem Geiste wie ein Gott in einem Strahlenkranz, von dem sich seine schwankende Gestalt, seine lächerlichen Gebärden und seine gläsernen Augen abhoben.

»Ja, und das wäre nur recht und billig,« entgegnete Paul. »Ich habe mehrere Stunden gebraucht, um Ihr

Kind zu behandeln, habe die Mittel selbst bereitet, habe sie vom Tode gerettet. Ich könnte von Ihnen unbedenklich fünfhundert Franken fordern.«

»Fünfhundert Franken? Aber dann ...?«»Sie werden das Abendessen bezahlen,« sagte Paul, Roosjes Gedanken vollendend, »und Sie können froh sein, so leichten Kaufes davonzukommen.«

Roosje wurde einschmeichelnd. »Ich bin eine arme Frau«, sagte sie.

»Nein,« entgegnete Paul.

»Die unglücklichen zehntausend Franken, die Sie in meinen Händen sahen, machen mich nicht reich«, seufzte sie. »Sehen Sie, Herr, Sie sind gut, Sie verdienen Geld wie Heu ... Ich ... das ist alles, was ich besitze. Sie lachen. Ich schwöre es Ihnen.«

»Schwören Sie nicht.«

»Wollen Sie mit mir kommen und sehen, ob ich lüge?«

»Nein.«

»Sie glauben mir nicht, und doch sage ich die Wahrheit. Halt,« setzte sie mit einem Mal zärtlich hinzu, »wollen Sie das Essen bezahlen? Ich übernehme das Trinken.«

»Sie werden alles bezahlen.«

»Alles!«, sagte Roosje, »dann werden Sie nicht mit uns essen ...«

»Ich werde mit Ihnen essen. Sonst – das Honorar für eine Kur wie diese ... könnte sich auf fünfhundert Franken belaufen, vielleicht auf tausend, zahlbar Ende Dezember.«

»Mein Gott!«, rief Roosje bestürzt.

Und sie sah ihn mit einem Blick an, der zugleich ehrerbietig war, denn er hatte sie gebändigt, und drohend, denn sie hätte ihn gern erdolcht. »Ich lade Sie also ein, mit uns zu essen«, sagte sie. Und im Grunde ihres Herzens wünschte sie, dass der große Höllenteufel ihn mit der ersten Auster erstickte, die ihm in die Kehle kam.

»Nun, Frau«, sagte Paul, »habe ich noch eine Bitte an Sie.«

»Was?«, fragte Roosje erbleichend.

»Machen Sie uns Kaffee, bis das Essen gebracht wird.«

»Kaffee? Warum noch Kaffee?«

»Um das Fräulein wieder ganz herzustellen. Er muss aber sehr stark sein.«

»Ein Lot für uns drei genügt wohl«, sagte Roosje, nahe daran, vor Verzweiflung aufzuschreien.

»Drei Lot«, antwortete Paul.

»Drei Lot! Sie wollen wohl, dass die Wände tanzen?«

»Ja«, sagte er, »desto ruhiger werden sie nachher sein.«

»Drei Lot!« wiederholte Roosje und verließ das Zimmer. »Das wollen wir doch sehen. Ich bin noch nicht von Sinnen!«

13

Der Lehrling ist zurückgekommen. Paul hat ihm ein reichliches Trinkgeld gegeben, was ihn veranlasst, sich und einem der ärmsten seiner kleinen Kameraden ein »famoses« Glas Bier zu bestellen. Nach dem Trinken sind die beiden Kinder sehr lustig und machen großen Lärm.

Im ersten Stock hat Grietje den Tisch gedeckt. Alles ist noch unter einem weißen Tuche verborgen: die furchtbaren Austern, die verschwenderische Gänseleber, der ins Armenhaus führende Hummer und die Hammelkoteletten, das teure Fleisch ... Roosje hat sich gesetzt, sie hat den Kaffee heraufgebracht, dessen fader Geruch auf eine Meile weit den Zichorienaufguss verrät.

Grietje nimmt das Tuch ab und stellt die zwei Totenkerzen, die nun zu Kerzen des Lachens und der Freude geworden sind, auf den Tisch zwischen die Teller. Sie hat in dem großen Kamin Feuer angelegt. Zum ersten Mal ist es warm und wohlriechend in dem großen Zimmer.

Roosje blickt schweigend das Essen an. Die fünfundzwanzig Franken, die es kostet, teilen sich in ihren Augen in fünf Fünffrankenstücke mit höhnischen Köpfen und springen auf dem Tisch wie die Bälle eines unsichtbaren Kugelspiels.

Sie hat seit sieben Uhr früh nichts gegessen – jetzt ist es neun Uhr abends – und die schrecklichen Austern, die verschwenderische Gänseleber, der ins Armenhaus führende Hummer, die Hammelkoteletten, deren Tunke gerinnt, selbst der Wein, den sie bezahlt, erregen bei ihr eine wilde Esslust, einen unbezwinglichen Durst, die sich bald in Taten umsetzen. Sie schneidet selbst vor und schenkt ein; sie nimmt die größten Stücke und das größte Glas, das sie sich ausgesucht hat, einen halben Liter; sie isst nicht, sie schlingt; sie trinkt nicht, sie säuft. Es ist ihr Geld, es muss zurück in ihren Kasten, denkt sie, nicht in den Geldkasten, sondern in den ihres Leibes. Ein zugleich trauriges und komisches Schauspiel für Grietje und Paul.

Auch sie essen und trinken, aber sie essen mit kleinen, nervösen, übereilten Gabelstichen wie pickende Vögel, sie trinken in großen Zügen, sie stoßen an, sie »klinken«, wie die Vlamen sagen, um den hellen Ton auszudrücken, der beim Anstoßen ihrer Gläser entsteht. Und doch sind sie nachdenklich, und die Blicke, die sie tauschen, sind tief wie die Unendlichkeit der Leidenschaft.

Nicht der Wein erhitzt sie, noch die im Ofen brennende Kohle, sondern das Feuer ihrer Herzen. Es ist ihnen, als wiegten sie sich auf einem zugleich stürmischen und liebkosenden Meere, in einem Nachen, dessen heftigste Stöße süß sind. Sie blicken sich an und reden nicht. Die Austern, die Gänseleber, der Hummer dünken ihnen grobstofflich; selbst dem so roten und funkelnden Wein fehlt das Feuer, das ihnen in leuchtenden Strömen aus den Augen zu brechen scheint und sich strahlend durchs Zimmer ergießt.

Roosje isst immerfort.

Die Liebe ist in Grietjes Herzen geboren. Schon blickt sie Paul wie ihren Herrn an, findet alles gut, was er tut, ahmt seine Art zu essen und zu trinken nach, und da sie ihn ernst sieht, wie die Männer, die viel denken, wagt sie nicht zu lachen, aus Angst, ihm zu missfallen. Durch den Wein mitteilsam gemacht, zeigt sie ihm naiv ihre Zuneigung, rückt ihren Stuhl neben den seinen, will schließlich Teller, Gabel und Messer mit ihm teilen und verlangt, vom Teller ihres Freundes zu essen und aus seinem Glase zu trinken.

Sie kann ihre Augen voll kindlicher Bewunderung nicht von ihm wenden, kommt seinem geringsten Bedürfnis zuvor, schneidet ihm Brot ab, schenkt ihm ein, errät, was er wünschen kann, noch ehe er es gesagt hat. Je nachdem er laut oder leise spricht, erblasst Grietje oder nimmt wieder ihre natürliche Farbe an. Den Mund fest geschlossen, mit geblähten Nasenflügeln, ernst, bleich und gefasst, scheint die herbe Jungfrau in ihrem Zutrauen und Liebesbedürfnis entschlossen, sich ganz hinzugeben.

Mehrmals entschlüpfen ihr Worte wie: »Wie hold ist Ihre Stimme, Herr Doktor! Wie gut sind Sie! Jedermann liebt Sie, nicht wahr? Lernt man all die schönen Dinge, die Sie sagen, aus den Büchern?«

Er fühlte sich klein vor diesen kindlichen Lobsprüchen. Er hätte in diesem Augenblick seine Wissenschaft, seine Bücher, seine schon große Lebenserfahrung vergessen mögen, um an Seelengröße dem schönen Kind gleichzukommen, dessen Gesicht so schön, dessen Lächeln so hold und rein war und in dessen zutraulicher Seele nur Raum für Begeisterung war, die sich in Liebesworten entlud, so hold wie das erste Frühlingslied der jungen Lerche.

Aber er vermochte sich nicht mehr schlicht und klein zu machen: sanft und gut zu sein, war alles, was in seiner Macht lag. Auch ihm pochte seit Langem das Blut zu stark in den Adern. Auch er fühlte, wie sich in seinem Wesen das Leben verdoppelte: Hingebung, Großmut, das Gefühl seiner Kraft, das Bedürfnis, das geliebte Wesen zu schirmen und ihm einen holden Platz im Leben, ein weiches Nest in seinem Hause zu bereiten – all diese edlen Gedanken erblühten in seinem Herzen wie Rosen.

Die Liebe war da.

Das war es, was ihn schön und stark machte und bewundernswert. Roosje hatte anfangs nichts gemerkt; als aber ihr Hunger befriedigt und ihr Durst gestillt war, blickte sie ihre Tochter an und erkannte mit dem schmerzlichen Scharfblick der Eifersucht, dass ihr heiß geliebtes Kind sich von ihr trennte, um sich einem anderen hinzugeben. Hätte man ihr die Brust mit stählernen Krallen zerrissen, man hätte ihr nicht weher tun können. Ihre Tochter, die sie mehr liebte als ihr Geld, mehr als alles auf der Welt, Grietje dachte nicht mehr an ihre Mutter, kümmerte sich nicht mehr um sie; sie gab einem Mann, dem ersten besten, ihre Liebkosungen, ihre holden Worte.

In diesem Augenblick stieß Grietjes Stuhl an Pauls Stuhl. Nachdenklich und die Hand auf den Tisch gelegt, blickte er Grietje an, die plötzlich einem naiven Zärtlichkeitsbedürfnis folgte und ihre Hand auf die seine legte.

Roosje sah diese Bewegung und brach los: »Ist das ein Benehmen für ein junges Mädchen?« schrie sie, während sie Grietjes Hand heftig packte und sie auf den Tisch schlug. »Seit wann schiebt man in Flandern seinen Stuhl derart an den eines Mannes und legt seine Hand auf die seine? Hast du keine Scham mehr? Weg da!«

»Nein«, sagte Grietje, unwillig, dass sie so missverstanden wurde, »Nein, ich tue nichts Böses.«

»Gehorche!«

»Nein.«

Roosje tat, als ob sie weinte. »Das hat man davon«, sagte sie, »wenn man seine Kinder verzieht.« Dann setzte sie in sehr sanftem Tone hinzu: »Grietje, mein Kind, bist du mir ungehorsam, weil ich dich zu sehr liebe?«

Grietje sprang auf, setzte sich auf Roosjes Knie, umarmte sie, so fest sie vermochte, und sagte: »Mutter, du sollst nicht weinen.«

Beide hielten sich umschlungen. Der Doktor, den diese schöne Regung Grietjes beglückte, betrachtete sie und sah nichts als die langen braunen Haare des jungen Mädchens und dicht dabei die beiden Adleraugen Roosjes, die ihn herausfordernd ansahen.

Roosje hielt Grietje immer noch umschlungen, als fürchtete sie, sie könnte ihr entschlüpfen. Dann brach sie das Schweigen mit den Worten:

»Bin ich Ihnen noch etwas schuldig, Herr Doktor?«

»Nein«, antwortete er.

»Sie haben keinen Hunger und Durst mehr?«

»Nein.«

»Dann will ich mit Grietje hinuntergehen. Wir drei werden nicht zu viel sein, um die Stammgäste zu bedienen, die bis Mitternacht hier bleiben.«

»Ich verstehe diesen gnädigen Abschied«, sagte Paul. »Man setzt mich glatt vor die Tür.«

Grietje sprang von den Knien ihrer Mutter. »Vor die Tür!«, rief sie. »Ihn vor die Tür! Das will ich nicht! Das hat Mutter nicht gesagt! Nicht wahr. Mutter, das hast du nicht gesagt?«

Roosje fürchtete sich vor dem Zorn ihrer Tochter. Sie wich einer offenen Auseinandersetzung aus. »Es fällt mir nicht ein«, sagte sie, »den Herrn Doktor vor die Tür zu setzen, zumal unser Haus ein Wirtshaus ist und jedermann offen steht. Er kann stets herkommen und bezahlen, was er verzehrt. So. Im Übrigen ist viel Arbeit im Hause, ich habe zwei Tage geweint, wir haben ich weiß nicht wie viel Stunden mit Schlemmen vertan: Da ist Zeit und Geld genug weggeworfen. Vorwärts, Grietje, an den Zahltisch, Kind!«

»Da es so steht«, sagte Grietje entschlossen, »gehe ich nicht mehr an den Zahltisch, nie mehr!«

Paul, den sie dabei ansah, runzelte die Stirn; sie glaubte, unrecht getan zu haben, da sie der Mutter nicht gehorchte.

»Ich gehe ja«, sagte sie, »aber du darfst meinen Freund nicht mehr vor die Tür setzen wollen.«

»Er wird nicht vor die Tür gesetzt werden. Geh hinunter.«

»Nicht gleich, nicht sofort, nicht wahr, Mutter? Sonst ...«

Roosje zauderte.

»Sonst,« wiederholte Grietje, »gehe ich nicht mehr an den Zahltisch.«

»Gut«, sagte Roosje nachgebend.

Das dauerte zehn Minuten.

Der Doktor hatte beschlossen, in Roosjes Haus nicht als Schmarotzer aufzutreten; als er an Siska vorbeiging, steckte er ihr 50 Franken zu. »Nimm«, sagte er, »das ist für deinen Unterrock; der liebe Gott hat mich beauftragt, ihn dir zu ersetzen. Schweig.«

»Was sagen Sie zu Siska?«, fragte Roosje. »Ich sage,« entgegnete der Doktor, »sie soll rasch hinaufgehen und zusehen, ob nicht noch Gänseleber für sie übrig ist.«

Roosje beeilte sich, dem Mädchen, das sich nicht rührte, vorauszugehen. Dieser Verdienst von 50 Franken auf einmal, diese für sie wunderbaren Ereignisse bannten das arme Mädchen an den Fußboden fest, und sie glaubte beinahe schon, dass Sankt Bavo, [1] als Doktor verkleidet, eigens vom Himmel herabgestiegen sei, um Grietje zu retten. Diese führte Paul an die Türschwelle, und sie verabschiedeten sich lange und zärtlich unter dem grauen Himmel, von dem der Schnee in dicken Flocken herabfiel.

14

Der Doktor wohnte in Ukkel. Er war nach Gent zu einem Kranken gerufen worden und nach dem Besuch im ersten besten Gasthof, dem »Kaiserwappen«, eingekehrt.

Er brachte sich nun in einem anderen Gasthaus unter. Gegen acht Uhr früh stand er auf. Es war ein grauer, kalter Wintertag, den er köstlich fand. Er verließ ihn erhobenen Hauptes, die Nase in der Luft, ganz gegen die gewohnte Bescheidenheit seines Auftretens. Das Morgenrot erhob sich bleich und frostig in der dicken

---

[1] Die Hauptkirche in Gent ist Sankt Bavo geweiht. D. Übers.

Schneeluft. Es hatte in der Nacht gefroren, und die Spatzen suchten auf der vereisten Straße vergeblich nach Nahrung: Seit dem letzten Tage war kein Pferd hier vorbeigekommen. Erfrorene, blasse und verhungerte Knaben stellten den Spatzen Fallen, die aus einer einfachen, mit Vogelleim bestrichenen Rute bestanden, an der eine Brotkrume befestigt war. Einige gingen auf den Leim. Die Polizisten hüllten sich, blau vor Frost, in ihre Umhänge und sahen dieser offenbaren Wilddieberei zu, ohne ein Protokoll aufzunehmen.

Paul ging zu Margarete wie der Magnet zum Eisen und der Fluss zum Meere, das Herz von den edelsten Gefühlen geschwellt, nachdenklich in seiner Freude, schwermütig in seiner Liebesglut, näher daran zu weinen als zu lachen. So voll war sein Herz vor Wonne, vor tiefem, unsagbarem Glück. Margarete erfüllte ihn ganz, umgab ihn, bevölkerte sein Herz, sein Denken, sein Träumen mit Bildern, Worten und Lächeln, mit holden Gestalten, auf die rasch der seltsam keusche Schleier der wahren Liebe herabsank. Er liebte nichts so sehr auf der Welt wie sie, ausgenommen seine armen Kranken, die er aus Liebe zu ihr noch besser pflegen und rascher gesund machen wollte. Die herbe Morgenluft drang in seine Lungen wie edler Wein in die Kehle des Zechers. Er war nahe daran, die Straßenlaternen, an denen er vorbeischritt, zu umarmen. Erst um neun Uhr wagte er, die Tür des gotischen Hauses »Zum Kaiserwappen« zu öffnen. Roosje stand an ihrem Zahltisch, Siska schälte in einem kleinen Kübel Kartoffeln; Grietje war nicht da.

Paul wurde besorgt, es schien ihm sonderbar, dass sie noch nicht auf war oder ihn wenigstens am Zahltisch erwartete, denn sie stand, wie er wusste, stets früh auf. Siska lächelte ihr schönstes und dankbarstes Lächeln, als sie Paul erblickte; anders war es bei Roosje, deren feindselige Miene deutlich fragte, was dieser verhasste Mensch bei ihr wollte.

Paul hörte undeutlich, wie jemand im ersten Stock mit dem Fuß gegen einen Tisch stieß.

Dann fragte er Roosje in dem schwermütigen Tone, der die Verliebten in den Augen der Gleichgültigen so komisch macht: »Ist Fräulein Margarete nicht wohl, da ich sie heute Morgen nicht hier sehe?«

»Sie hat schlecht geschlafen, Herr Doktor.«

In den letzten Worten lag ein Ton wilder Eifersucht.

»Sie ist sehr blass,« setzte sie hinzu.

»Blass?« wiederholte der Doktor, als fürchtete er einen Rückfall.

Jetzt wurde Roosje ernstlich besorgt.

»Nun ja, Herr, blass. Ja. Und was weiter? Ist das gefährlich?«

»Es ist sonderbar. Die Bewegung des Blutes hätte sich zeigen müssen.«

»Mir scheint, gestern ...«, begann Roosje, hielt aber in ihrer Bemerkung inne, da sie ihr für ihre Tochter verletzend erschien.

»Ich möchte sie sehen.«

»Gehen Sie doch hinauf,« versetzte Roosje kleinlaut. »Sie hat die große Halle von Zimmer nicht verlassen, seit sie darin beinah gestorben wäre. Ich will vorangehen«.

»Tun Sie das«, sagte Paul. Roosje ging tatsächlich voran in das Zimmer aus dem 14. Jahrhundert. Dort saß Grietje wie eine mittelalterliche Schlossherrin, nachdenklich, in sich gekehrt, fast hart, unter der Wölbung der tiefen, gähnenden Fensteröffnung und säumte ein grobes Leinenhandtuch. Ihre Blicke schweiften über die verschneiten Wiesen, die sich vor ihr dehnten, so weit der Blick reichte, und zu dem grauen Himmel empor, von dem der Schnee nach wie vor in dichten Flocken herabfiel. Sie war tatsächlich etwas blass, weil sie etwas fror.

Als sie ihn eintreten sah, stand sie halb auf, ließ ihre Arbeit sinken und wurde feuerrot.

»Guten Tag«, sagte sie verwirrt.

»Guten Tag«, antwortete er ebenso verwirrt.

»Margarete«, fragte er – dies Wort schien ihm feierlicher zu klingen als das kurze Grietje – »Margarete, wie fühlen Sie sich heute?«

In dem schmeichelnden Tonfall dieser landläufigen Redensart lag viel Liebe. Grietje empfand es zweifellos, denn sie wurde noch röter und sagte: »Sehr gut, mein Herr.«

Die übermäßige Verlegenheit gab ihr einen bösen, fast harten Ausdruck; ebenso ging es Paul, der kein Wort hervorbrachte. Da der Zweck seines Besuches erfüllt war, grüßte er Grietje traurig und ging.

Roosje geleitete ihn zur Tür; darauf rieb sie sich vergnügt die Hände. »Ein Knüppel weniger zwischen meinen Beinen«, sagte sie zu Siska und schlug ihr auf die Schulter. Die sagte weder ja noch Nein und schälte stumpfsinnig ihre Kartoffeln weiter.

15

Vierzehn Tage später rieb sich Roosje nicht mehr die Hände und Siska lächelte still.

Roosje, Paul und Grietje waren in dem großen Zimmer, in dem auf Grietjes klar ausgedrücktes Verlangen ein kräftiges Feuer brannte. Alle drei sprachen erregt.

»Ihre Frau«, sagte Roosje zu Paul, »das gebe ich nie zu.«

»Warum?«

»Darum.«

»Aber Frau, sagen Sie mir einen Grund, einen einzigen. Warum wollen Sie Ihre Tochter hindern, eine gute Partie zu machen?«

»Sie braucht nicht zu heiraten. Grietje, antworte, mein Kind. Hast du Lust, deine alte Mutter zu verlassen? Sie antwortet nicht. Sie will ihn auch nicht. Sag, dass du ihn nicht willst.«

»Das kann ich nicht sagen«, antwortete Grietje.

»Warum?«

»Weils nicht wahr ist.«

»Grietje, hast du den Kopf verloren? Komm auf meinen Schoß!«

Grietje gehorchte.

»Böses Mädchen, warum willst du deiner alten Mutter den Schmerz antun, einen Mann zu heiraten, den du erst vierzehn Tage kennst und der ebenso gut lügen, wie die Wahrheit sagen kann, wenn er uns sagt, dass er reich ist?«

Der Doktor lächelte »Lächeln Sie nicht,« sagte Roosje, »ein Lächeln ist keine Banknote.«

Sie sagte ihrer Tochter ins Ohr:

»Hör zu, ich will dir ganz leise etwas sagen. Wenn du nicht heiratest, gebe ich dir alle Vierteljahr ein Seidenkleid, dazu Ohrringe und Krinolinen, Ringe und Stiefelchen und Federhüte. Sag nein.«

»Ich brauche das alles nicht, ich weiß nicht, warum ich nicht heiraten soll. Du hast doch auch geheiratet.«

»Mein Kind, das ist was andres.«

»Nein, nichts andres. Genau dasselbe. Außerdem heiraten alle jungen Mädchen; ich will auch heiraten.«

»Mein Gott«, stöhnte Roosje, »warum willst du denn das Einzige, was ich dir nicht erlauben kann? Grietje, mein Kind, mein Lamm, ich bin ja so allein im Hause, wenn du weggehst. Ach, bleibe doch! Ich lebe ja nicht mehr lange, bleibe bei mir als brave Tochter, bis man mir vier Fuß Erde auf die alten Knochen wirft.«

Grietje weinte.

»Ach«, sagte Roosje, »weine nicht mehr; du weißt, es ist das erste Mal, dass ich dran schuld bin. Glaub mir, du bildest dir nur ein, dass du ihn lieb hast, aber du wirst ihn bald vergessen.«

Grietje schüttelte den Kopf.

»Du wirst ihn vergessen, sag ich dir, wenn er nicht wiederkommt. Und er kommt nicht wieder, wenn du es ihm sagst.«

»Das werde ich ihm nicht sagen.«

Die beiden Frauen schwiegen. Roosje wurde immer trauriger. Der Doktor sagte zu ihr, ehrerbietig und sanft wie zu einer Mutter:

»Warum betrüben Sie sich so, Frau? Ich, der Ihre Grietje, Ihre gute, brave, schöne Tochter so liebe, darf doch glauben, dass ich auch imstande bin, sie glücklich zu machen und Sie mit ihr! Wird es denn keine Freude für Sie sein, ein Kind mehr im Hause zu haben, einen Sohn, der nicht mittellos ist, der arbeitet, der seinen und Ihrer Tochter Unterhalt verdient und auch den Ihren, arme Frau, die ich gern Mutter nennen würde.«

»Nein«, sagte Roosje mit zusammengepressten Lippen und furchtbar hart.

Paul fuhr fort.

»Ich begreife den Schmerz, den Sie bei dem Gedanken empfinden, sich von Ihrem Kinde zu trennen. Aber wenn ich so sagen darf: Sie denken nicht genug an sie und zu viel an sich selbst. Gott gab Ihnen eine so prächtige Tochter, die ich schon allzu sehr liebe, damit Sie sie zur Frau, zur Mutter machen und nicht zu einer hübschen launischen Puppe, die Sie lieben, verhätscheln, verziehen und die eines Tages Ihrer Zärtlichkeiten müde sein wird ...«

»Sie sind garstig«, sagte Roosje.

»Ich bin nicht garstig, ich liebe Sie, beklage und verstehe Sie. Ich sage Ihnen, dass es nur von Ihnen abhängt, glücklich zu sein und Ihre Tochter glücklich zu machen. Ich sage Ihnen, dass ein Tag kommen muss, wo sie lieben wird – mich oder einen andern. Zerreißen Sie diese holden, schon so starken Bande, die seit einer Weile unsre beiden Herzen umschlingen, so führen Sie ein Unglück, vielleicht ein Verhängnis herbei. Grietje ist weder kalt noch schwach, und wenn sie eines Tages einen andern liebt – –.«

»Nein«, murmelte Grietje, bleich und nachdenklich.

»Wenn sie eines Tages einen andern liebt als mich, und der andre ist, was ich nicht bin, ein Windbeutel, ein gewöhnlicher Verführer, so wird Grietje ihn lieben, sich ihm voll und edel hingeben, und wenn der elende Verführer sie verlässt, so wird sie ihn töten und dann sterben.«

»Das ist nicht wahr«, sagte Roosje.

»O doch«, sagte Grietje weinend, »das weiß ich wohl, Mutter.«

»Wenn das nicht geschieht, da es unwahrscheinlich ist, was soll dann aus diesem armen, guten Herzen werden, das der Liebe bewusst ist, auf die jede Frau ein Anrecht hat, und im Voraus das Rind betrauert, die geheime Sehnsucht ihrer holdesten Herzensregungen?«

Grietje errötete.

»Wenn sie aber aus Tugend und Selbstachtung dem Leben, dem wahren Leben der Frau entsagt und die Mutter verliert – was haben Sie dann aus ihr gemacht? Eine alte Jungfer. Wissen Sie, was das ist, eine alte Jungfer? Entweder ein kaltes, selbstsüchtiges, berechnendes Geschöpf, dem die kalten Freuden der Ordnung und Bequemlichkeit genügen, oder eine arme Verzweifelte, ganz allein auf der Welt, die nichts hat, woran sie ihr Herz hängen kann, als Hunde, Blumen und Vögel, gewiss sehr nette Wesen, die aber das Liebesbedürfnis ih-

res Herzens nicht wirklich erwidern können. In schwü-
len, schlaflosen Nächten, nach Wochen toller Erregung,
wird sie über die vergangenen Tage weinen, über ihr
verfehltes Leben, über die Liebe, die sie immer glühender herbeiruft und die nicht mehr kommen wird, weil es
zu spät ist. Die Frauen lachen über sie, die Männer desgleichen, auch in der besten Gesellschaft. Ihre geringsten
Herzensregungen, ihr unwillkürlicher Mitteilungsdrang,
die Bitte an ihre Mitmenschen, sie nicht ganz allein zu
lassen, die zugleich ihre geheimen Wunden verrät, ihre
Gefallsucht, eine gewisse Gesuchtheit der Kleidung, die
sich auf einen unbestimmten, fernen Hoffnungsschim-
mer gründet – das alles wird mit dem grausamen Wort
»letzte Versuche« gekennzeichnet, das sie, gebrochen
und lächerlich, zu Boden wirft. Und wenn sich dann die
Verzweiflung wie ein Dämon in ihr gebrochenes Herz
einnistet und die Nacht am Rand eines Kanals recht
schwarz und das Wasser tief ist ...«

»O ja!«, schluchzte Grietje.

»Schweigen Sie, schweigen Sie, Herr Doktor«, sagte
Roosje. »Setzen Sie mir nicht so das Messer an die Kehle,
lassen Sie mir etwas Bedenkzeit und ...«

Sie hielt inne, senkte den Kopf und weinte heiße Tränen.

»Wie gut du bist!«, rief Grietje aus. »Aber du musst
nicht so traurig sein, ich bleibe ja noch lange, lange bei
dir. In drei Monaten, in sechs Monaten, wenn du willst,
Mutter. Ich will dich jetzt fest umarmen, fest ...«

Roosje ließ es glückselig geschehen. »Und ihn musst du
auch umarmen.«

»Nein«, sagte Roosje.

Sie war den ganzen Tag lang glücklich; sie glaubte, alles gewonnen zu haben, da sie Zeit gewonnen hatte.

Sie brauchte sechs Monate, um sich zu entscheiden. Erst als sie sah, dass Grietje bleich und traurig wurde, willigte sie schließlich ein, sie Paul zur Frau zu geben, ohne Mitgift und Aussteuer.

ZWEITER TEIL

1

Das Verlangen, höher zu stehen und Paul gleichzukommen, gegen den sie einen eifersüchtigen Hass nährte, vor allem aber ihre Mutterliebe, die sie drängte, ihrer Tochter näher zu sein, hatten Roosje bewogen, Gent und das »Kaiserwappen« zu verlassen, die erste und einzige Quelle ihres Wohlstandes.

Sie hatte sich in Ixelles [2] niedergelassen, in der düstren Edinburger Straße, und bewohnte dort ein zweistöckiges geschlossenes Haus, über dessen grauer Tür ein prächtiges Kupferschild prangte, das in zierlichen Elzevirbuchstaben jedermann erzählte, dass die Witwe Servaes van Steelandt ein Wein- und Likörgeschäft betrieb. Dies vornehme Servaes, dies aristokratische van Steelandt hatte damals in Gent ein gewisses Staunen erregt, als man es auf einem Wirtshausschild erblickte.

Die arme Roosje, die vereinsamte Mutter, hatte in der Befriedigung der Eitelkeit Ersatz für die schreckliche Leere ihres Herzens gesucht. Sie hatte sich ein »hüb-

---

[2] Vorstadt von Brüssel. Hier steht jetzt ein Denkmal de Costers.

sches« Empfangszimmer und ein »hübsches« Speisezimmer eingerichtet, das eine mit weißen Tapeten mit großen blauen Blumen, das andere mit rot und grünen Tapeten auf braunem Grunde und einer kirschroten, weiß, blau und rosa bemalten Täfelung, die für Leute von Geschmack wie die Faust aufs Auge passte. Eine Stutzuhr vom Trödler, die auf einem mit vergoldetem Kupfer beschlagenen Sockel stand, stellte Paul und Virginie dar, zwei gespreizte, alberne Gestalten, die unter dem Schutz eines Palmbaums an einem Felsen von der Größe eines Stücks Kandiszucker lehnten; ihre Körper waren aus Florentiner Bronze und die Kleider aus zartgrünem Metall. Der Fußboden, ohne Teppich, war grün angestrichen und mit Schwarz marmoriert. Alte Eichenmöbel aus der Zeit Ludwigs XVI., mit Blutstein gebeizt, um sie zu »konservieren«, blickten entsetzt auf sechs magere neue Mahagonistühle, die mit schwarzem Leder bezogen waren und in dem für ihre schmächtigen Maße allzu geräumigen Zimmer gleichsam hintereinander herliefen.

Das Ganze fratzenhaft, feucht, roh, kalt und dumm, ohne Feuer im Winter, ohne Blumen zu jeder Jahreszeit. Ein kränklicher Kanarienvogel, der ohne Licht, Luft und Sonne dicht an der Decke über einer Tür hing, verlor in diesem Dunstkreis sein Gefieder und sang seine kümmerlichen Liedchen, im Winter, wenn der warme Küchendunst heraufstieg, im Sommer, wenn die Morgensonne für ein paar Minuten flüchtig ins Zimmer fiel. Man musste nur hören, wie sich dann sein trauriger Singsang belebte, wie er, fast ungestüm und fröhlich, mit schüchternem Flügelschlag den strahlenden Gast begrüßte, der ihm Leben und Wärme brachte.

Der Gefangene, der sich in einem luftlosen, sechs Fuß tiefen Kerkerloch verzehrt, der Hilfsschreiber, der für einen Hungerlohn in einem traurigen Bureau, einem kalten, stinkenden Stübchen schreibt und kritzelt, muss, wenn er einmal nicht an sich denkt, wohl manchmal an diese armen Vögel denken, die wegen ihrer wohlklingenden Stimme von Frauen gefangen gehalten werden, deren Trieb es zu sein scheint, alles, was sie lieben, in einen Käfig zu sperren, und denen in der Grausamkeit ihrer Liebe kein Kerker eng genug dünkt, um das, was sie lieben, zu hüten. Sie gleichen jenen Tyrannen, die Dichter eines Liedes wegen in ungesunde Verliese warfen. Tyrannen beide; die einen füttern ihren Gefangenen mit Leckerbissen, damit er seine Gefangenschaft liebt, die anderen kerkern ihn ein oder erwürgen ihn, damit er nicht singt; die einen fürchten, dass die Katze ihn frisst, wenn er entschlüpft, die anderen, dass die mutigen Lieder des Dichters im Volke jene männliche Kraft erwecken, die ihm die Schmerzen der Knechtschaft brennender macht und es anspornt, ihr Joch abzuschütteln.

Trotz dem Grün, Weiß, Grau, Rot und Rosa, der Bronze, den Mahagonimöbeln, den Nippsachen, der Täfelung und den Tapeten ihres Empfangszimmers und Speisezimmers, trotz dem kalten, glänzenden Kupferschild stellte sich kein Kunde ein.

Und Roosje, die neue Kalypso, deren Herz von einem edlen Schmerze, dem Schmerz über die Trennung von ihrer Tochter schwer war, weinte auch über das Scheiden des vielgestaltigen Odysseus, den man den Verbraucher nennt, und fühlte sich in ihrer fiebernden Ungeduld sehr unglücklich, dass sie nicht mehr Gastwirtin war.

Ihr geschäftlicher Schmerz linderte sich indes etwas, wenn ein Dorfschulze, ein Bürgermeister oder einer ihrer alten Stammgäste an ihrer Tür läutete und in ihrem »hübschen« Empfangszimmer um ein Fass, ein halbes Fass oder ein Viertelfass Wein bis zum letzten flandrischen Heller feilschte. Sie verließen Frau Servaes, verwitwete van Steelandt, glücklich und stolz, den Preis beträchtlich herabgedrückt zu haben, und ahnten nicht, dass die Ware durch schlechten Saint George, trüben Orleans, Zucker, Spiritus, Zitronensäure und Sonnenblumenkerne gefärbt oder aufgebessert war.

Dann erlaubte Roosje Siska, bei Tisch ein paar Kartoffeln mehr aufzutragen und etwas Butter in die Sauce zu tun.

Aber an den anderen Tagen war sie todtraurig. Wenn sie nicht mehr an das Geld dachte, setzte sie sich an den weißen Holztisch in der Küche und stemmte die Ellenbogen auf; da schien sie weniger böse und ihre Tränen glommen nicht mehr von düsterem Feuer. Stumm sah sie zu, wie Siska, die gute, sehnige, männliche Siska in ihrem Reich waltete. Bisweilen stellte die sich vor Roosje hin, kreuzte ihre dicken Arme, rot wie rohes Rindfleisch, vor der Brust, öffnete sie bisweilen, um sich mit ihren dicken Fingern an der Nase zu kratzen, und verschränkte sie dann wieder mit einem kräftigen Ruck.

»Na, Baasin«, sagte sie, »ich weiß wohl, warum Sie sich so grämen, aber bedenken Sie, Ihr Geschäft ist noch nicht bekannt, die Bestellungen können nicht so kommen, als wenn Sie in der Zeitung ständen. Die Zeitungen, das ist großartig! Jeden Tag lese ich da die Namen von Verkäufern von Streichhölzern, Kesseln, Pfannen, Ofenrohren, Korsettstangen ... lauter Leute, die nicht so vornehm sind wie Sie, Baasin. Wenn die Zeitungen sagen, die Ofenrohre von van Possevelde sind die besten auf der Welt, und die Kessel von van Zwyngenhove sind Blechtöpfe gegen die von van Gobbelsschroy – wer sollte das nicht aufs Wort glauben? Setzen Sie Ihren Namen auch in die Zeitungen.«

»Lassen die sich dafür bezahlen?«, fragte Roosje, durch diesen Vorschlag gepackt, und der Schlüssel ihrer Geldtruhe hüpfte vor Habgier in ihrer Tasche.

»Ja, Frau, sie lassen sich bezahlen, aber jeder hat sein Geschäft, nicht wahr?«

»Ists teuer?« forschte Roosje.

»Ich gehe fragen«, sagte sie.

Sie ging in der Tat fragen und kam voller Ärger und Wut zurück.

»Ob es teuer ist, Frau? Die hatten die Frechheit, für eine ganz kleine Zeile, ein Nichts, drei Franken zu fordern! Die Vernünftigsten gucken einem ins Gesicht und sagen: ›Einen Franken fünfzig, ja oder Nein.‹ Und sie reden mit einem aus einem kleinen Käfig. Das nennen sie den ›belgischen Stern.‹ Wenn der Herr im Käfig ein Stern ist, so haben die Sterne jetzt graue Haare im Gesicht. Und keine ist billiger, außer ein paar lumpige Zeitungen, die noch fünfzehn Centimes, zwanzig Centimes, ja sogar fünfundvierzig Centimes für die Zeile zu fordern wagen. Aber man sieht an ihrem Bureau, dem reinen Hundestall, an den zerfledderten Strohstühlen, dem wackeligen Tisch und der schäbigen Wand mit Zerrbildern gegen die Minister und Priester, dass sie ihr Papier nicht los werden, und wenn man ihnen nur fünf Centimes gäbe, wäre das noch zu viel für ihre dreckige Ware.«

Und Siska setzte sich atemlos und Roosje sagte: »Das sind Diebe.« Dann saßen beide in tiefer, stummer Entrüstung, Siska rot und keuchend, Roosje bleich und grimmig. Und eine Weile herrschte Schweigen.

Endlich sagte Roosje bitter: »Ja, die Kinder! Man glaubt, das liebt einen. Man bringt sie mit Schmerzen, mit Schreien, mit Todesgefahr zur Welt, gibt ihnen seine Milch, sein Blut, sein Leben. Man täte alles für sie. Die Jungens – ich weiß ja nicht, was das ist – aber sie sind alle nichtsnutzig gegen ihre Eltern. Die Mädchen ... ja, die kenne ich. Grietje, Margarete, wie sie jetzt in der verwelschten großen Welt sagen, Grietje gedieh, liebte mich, war zärtlich zu mir, schien dankbar. Ich sah sie mit Freuden heranwachsen und schön werden. Als Kind war sie wie eine Blume des lieben Gottes. Als junges Mädchen sah ich sie rot und blass werden. Eines Tages musste ich so lachen, als sie ganz verdutzt war und große Angst hatte, und ein andermal, als sie zu mir sagte ›Mutter, ein Herr blickte mich so komisch an und sagte, ich wäre hübsch ...‹

Sie war böse und lachte, dass man sie hübsch fand. Ein andermal schickte ich sie, etwas zu besorgen. Es war am Abend, sie war ganz allein, sechzehn Jahre alt und schön. Ich dachte an nichts. Sie kommt voller Zorn zurück, stolz wie eine beleidigte heilige Jungfrau, und hält in der Hand den Kellerschlüssel, einen großen Schlüssel. ›Mama‹, sagt sie zu mir, ›ich gehe abends nicht mehr aus.‹ Sie wirft sich mir an den Hals. ›Nun, mein Lamm‹, sage ich, ›was gibt's denn?‹ ›Mama, es waren da drei auf der Straße, drei Stutzer aus dem Wirtshaus, keine richtigen Herren – Zierbengel, wie man in der Stadt sagt. Einer, der auf mich zutrat, hatte Beine wie eine Zange. ›Fräulein‹, sagte er zu mir, ›darf ich Ihnen meinen Arm anbieten, um Sie nach Hause zu bringen?‹ Ich sehe ihn an, ohne zu antworten, er weicht etwas zurück, vielleicht, weil ich wütend war. Ich will mitten zwischen ihnen hindurchgehen. Sie versperren mir den Weg. Ich hole meinen Schlüssel aus der Tasche, sehe ihnen ins Gesicht, halte ihnen den Schlüssel unter die Nase und sage: ›Dem Ersten, der sich rührt, schlag' ich die Zähne ein.‹ Ich war sehr wütend; bei ihren ekligen Fratzen dachte ich, sie wollten mich mit Kot bewerfen. Aber sie ließen mich vorbei und lachten feige. Ich gehe abends nicht mehr aus, Mama, ich bin ganz krank.‹ Und sie ging seitdem nicht mehr aus. Und da, mit einem Male, vernarrt sie sich in einen elenden Doktor, Gott weiß, ob er es überhaupt ist, hat nur noch Liebkosungen und Küsse für ihn und lässt ihre alte Mutter ganz allein in ihrem Loch wie einen räudigen Hund.«

Nun sprach Siska. »Frau«, sagte sie, »machen wir es nicht alle so? Als ich meinen Liebhaber hatte, der Arme, Gott hab' ihn selig, und er gefiel mir – glauben Sie, ich hätte ihn dazu zweimal ansehen müssen? Er hat mich nach einem Monat geheiratet. Ich war so stolz und so froh, dass ich an nichts mehr dachte, außer an meine Arbeit. Und wenn ich auf der Sankt-Peter-Straße mit den

Mädchen heimkehrte, sang ich die Brabançonne und rief jedermann zu: ›Morgen bin ich Frau!‹ Die Vorübergehenden lachten über mich, aber ich lachte noch mehr über sie und dachte mir, dass ich morgen Frau sein würde. Es war eine schöne Hochzeit. Man sang Lieder und schenkte mir ein schönes Porzellanservice, Töpfe, Teller, fast einen ganzen Haushalt, aber die Bettlaken und Tischtücher hatte ich gekauft. Und mein Mann war so stolz, und hätte man mir gesagt, ich sollte an meine Mutter und an meine kleine Schwester denken, so hätte ich gesagt, es ist nicht möglich. Es sind noch keine sechs Wochen, dass die beiden zusammen sind, lassen Sie sie ein bisschen allein miteinander. Er ist gut, das weiß ich gewiss; das zeigt, wie er sie gerettet und Ihre zehntausend Franken ausgeschlagen hat.«

»Ja, um mich später zu beerben«, antwortete Roosje. »Du liebst mich nicht«, fügte sie hinzu, »da du ihn verteidigst.«

»Frau,« entgegnete Siska ärgerlich, »Sie werden sich eine andere nehmen müssen. Ich habe trotzdem alles für Sie getan, was ich konnte, ich arbeite hier für sechse.«

Da schwieg Roosje. Siska war eine billige Magd: sie bekam zehn Franken im Monat, aß wenig und war treu.

2

Der junge Mai schmückte die Wiesen mit Blumen. Paul und Margarete machten ihre Hochzeitsreise nicht nach London, Paris oder Wien, sondern verbargen sich auf dem Lande, in Ukkel, in einem reizenden Nest.

Es war ein schöner Mai, lau und sonnig. Sie fühlten sich von seinen Liebkosungen durchdrungen; die Blumen lächelten ihnen zu und schienen ihnen leuchtender als sonst. Jedem von ihnen dünkte die Stimme des andern wie Engelsgesang, Margarete fand Paul stolz und schön, ohne es ihm zu sagen, und Paul ging bisweilen hinter ihr her und bewunderte still ihre runden Hüften und braunen Haare, die im Licht rötlich schimmerten, ihre bräunliche Hautfarbe, ihren runden, festen Nacken, ihre etwas breiten Schultern, ihre kleinen Hände und Füße. Und liebestrunken sagte er ihr zärtliche Worte.

Sie liebten sich. Erste Freuden, vor denen jede andre Freude verblasst, ein ungestillter Durst, eine Allgewalt, die unaufhörlich, ewig lieben will, Sehnsucht, Zukunftspläne, reizende Nichtigkeiten, die man sich höchst ernsthaft ins Ohr sagt, geheimnisvolle Verschwörungen, um eine Liebkosung mehr zu geben oder zu empfangen: damit verging ihr Leben, betört und berauscht.

Die blähenden Kastanienbäume, die Fliederbüsche, von denen sie große Sträuße raubten, die grünenden Ulmen, die Buchen mit den silbergrau bereiften Seidenblättern, die Sonne, die Nacht und die Sterne schienen sie zu lieben, wie sie sich liebten, sie in einen warmen, weichen Schleier zu hüllen.

Sie waren glücklich. Im Überschwang ihres Glückes forderten sie nichts von der Außenwelt und verhüllten sie mit dem leuchtenden Nebel, den unsere Augen über die Dinge breiten, wenn die Leidenschaft im Blute kocht, den Blick trübt und die Natur mit einem seltsamen Schleier bedeckt.

3

Sie ergingen sich auf den Feldern bei Ruysbroeck und blieben stehen. Der Himmel war wie im Hochsommer von tiefem Blau, das am Horizont blasser wurde. Weiße Wolken zogen darüber hin wie himmlische Wandrer, schoben sich bisweilen zwischen Himmel und Felder und warfen dunkle Schatten auf den Boden.

Die Landschaft war heiter. Zwischen dem Weg und den Wiesen rann ein rasches, rauschendes Bächlein, nicht tief, aber klar und aus reiner Quelle. Im Mittelgrund ragte eine mit hohen Buchen bestandene Böschung, im Hintergrund rahmten grünende Ulmen eine Flucht von Wiesen ein, die durch Hecken; Gräben oder Bäche getrennt waren. Am Horizont große Baumgruppen und eine lange, bewaldete Hügelkette, ein hübsches gotisches Schloss mit zierlichen Ecktürmchen, das alle seine Spitzbogenfenster dem Licht öffnete. Sperlinge zwitscherten lustig in den Bäumen, Lerchen stiegen mit frohem Lied gen Himmel, eine Grasmücke sang nach Herzenslust in einer Hecke, und das ernste, geheimnisvolle Volk der Insekten schien in diesem Monat der Liebe noch lebendiger zu leben. Schmetterlinge verfolgten sich und zogen launische Kreise durch die Luft; der Schmarotzer Kuckuck schien weniger traurig zu rufen. Auf den Triften standen Ochsen und Kühe behaglich und still und weideten das fette Gras; weiterhin, auf den Feldern, leuchteten die scharlachroten Blusen der arbeitenden Bauern wie große Mohnblumen. Die Sonnenstrahlen brachen sich in tausend Lichtfunken in den klaren Fluten des Baches; kleine graue Fische wimmelten im Wasser, und winzige Fliegen, wie Stahlperlen, zogen Halbkreise über der Strömung; Libellen jagten munter ihre Beute, und ernste Bienen beflogen die Uferblumen. Alles, Menschen, Ochsen und Kühe, Insekten und Fische, Vögel und Blumen, Bäume und Wiesen, Himmel und Sonne, waren so groß in ihrer sorglosen Beschaulichkeit, das Leben, das da Licht und Wärme, Liebe und Freude ist, zeigte sich in all diesen Wesen und Dingen so stark, so gut und so ernst, dass Grietje stehen blieb und fast feierlich sagte: »Gott, wie schön ist das alles!«

»Warum faltest du die Hände?«, fragte Paul.

»Weil ich Lust habe zu beten. Wir sind nicht allein, in der Luft ist einer, den ich nicht sehe, der aber so gut ist und alles vermag. Der liebe Gott,« fuhr sie fort und erblasste, als ob sie erschräke. »Aber er würde sehr böse sein, wenn du mich nicht immer liebtest.«

Morgens in ihrem Nest machte sie sich ihr Haar vor dem Spiegel, fand sich schön und sagte: »Ich müsste ein Bild von mir machen lassen.« »Es ist da, im Spiegel«, sagte er und blickte sie verliebt an. »Aber hast du gut geschlafen, du Langschläferin?«

»Nein.«

Und mit dem verliebten, zärtlichen, dankbaren Lächeln, das Frauen für den haben, der sie glücklich macht, sprang sie mit einem Satze vom Spiegel an seinen Hals und umarmte ihn mehrmals. Dann setzte sie sich kokett, fast gefallsüchtig, wieder an den Spiegel und beendete ihre Frisur. Und das geglättete Haar nahm wieder seinen Glanz an und kräuselte sich von selbst unter dem Kamme zu Locken.

Margarete kam nicht mit schleppendem Gang und schleppendem Kleide zu Paul, wie es kalte Frauen tun; sie schob sich nicht matt und ruhig neben ihn wie eine Frau aus Holz, wie ein kalter Schatten, eine Frau, die sich mehr um ihre Kleidung kümmert als um das Glück, das sie ihrem Geliebten schenken könnte. Sie hatte nicht die gemessene, langsame, korrekte, ruhige Sprache, die die Ruhe der Seele und die kaltblütige Verstellung verrät. Ihre Liebkosungen waren nicht berechnet und ihre Küsse nicht gezählt. Nein, sie war lebhaft, unbesonnen, froh oder traurig, gut oder böse, launisch oder unterwürfig, je nachdem ihr Herz stärker oder schwächer schlug, je nachdem sie sich mehr oder weniger glücklich fühlte oder in tiefe Schwermut versank, weil die Falte eines Rosenblatts auf dem lachenden Lager ihres Glücks sie betrübte.

Paul liebte sie tief, aber sein Herz war in Trauer. Eine flüchtige Träne perlte zwischen den Wimpern dieses Mannes, der nur einmal, an einem Grabe, geweint hatte. Ernst und in sich gekehrt, dachte er an sein jetziges Glück, das die Erinnerung an eine reinere, holdere, fast größere Liebe belebte, Margarete war erstaunt, weinte heiße Tränen, da sie ihn traurig sah, und fragte sich, was ihren Freund so betrüben könnte. Plötzlich entsann sie sich, ergriff seine beiden Hände und sagte: »Ich liebe sie so sehr!«

Beseligt hörte Paul diese treuherzige, etwas schwermütige Stimme, die wie der nächtliche Sang einer Nachtigall in einer Zypresse klang. Und er ließ sich zum Leben zurückführen und zu seinem Glücke, über dem stets ein geliebter Schatten schwebte. [3]

Sie gaben viel Geld aus. Paul war zwar ziemlich wohlhabend, aber diesen Wohlstand musste ihm seine Arbeit liefern. Das war ihm unmöglich, Herz und Kopf gingen andere Wege. Er dachte an die Kunst, die Wissenschaft und Philosophie. Kalte, fremdartige, pedantische Dinge, so dachte er, neben diesem reizenden, ausgelassenen Wesen, das er so gern mit dem holden lateinischen Namen nannte, der Perle bedeutet. War sie nicht Margareta, die Perle der Perlen im strahlenden Schrein seiner Freuden? Ihr Schlafzimmer ging in Pauls Zimmer, wo er sich höchst ernsthaft den Anschein gab, die schwierigsten Studien zu treiben. Kein Marterwerkzeug fehlte, weder Papier noch Federn noch Tinte noch dicke Bücher.

Margarete schlief manchmal bis in den Tag hinein. Hatte Paul »tüchtig gearbeitet«, so stand er auf, ging mit Doktorwürde zu ihr und sprach mit ihr. Sie erwachte, aber kokett beim Erwachen, wie es jeder Frau zusteht, blieb sie still und regungslos liegen, mit feuchten, halb geschlossenen Augen, griff mit beiden Händen nach den seinen und gab ihm einen ganz kurzen, heißen, feuchten Kuss. Welch holde Augenblicke vergingen bei diesen Zärtlichkeiten!

4

War sie aufgestanden, so fand sie Vergnügen daran, Paul zu necken, ihn am »Arbeiten« zu hindern. Wenn sie

---

[3] Es ist ein zartes Denkmal der Sohnesliebe, das der Dichter hier seiner Mutter setzt. Sie war 1869, als diese Erzählung entstand, gestorben.

Orangen aßen, die zu dieser Jahreszeit selten sind, sagte sie: »Essen wir eine zusammen.«

»Meinetwegen«, sagte er, tat, als ob er schmollte, und rührte sich nicht in seinem Lehnstuhl.

»Da«, sagte sie und zerteilte eine der goldenen Früchte mit dem Nagel. Dann sah sie vergnügt zu, wie er die Schale ungeschickt abzog. War die Orange verzehrt, so zerriss sie die Schale zu kleinen Stücken und warf sie ihm ins Gesicht, bis er sich rührte und nicht mehr arbeitete.

Schließlich musste er aufstehen und mit ihr spielen. Sie zwang ihn dazu. Der glückliche Unglückliche verlangte nichts Besseres. Sie kämpften miteinander – ein holdes Ringen. Alle Schalen, die Margarete nicht aufheben konnte, flogen zum Fenster hinaus; das war vereinbart. Blieb eine auf dem Boden liegen, so stürzte sie sich darauf und er gleichfalls, in dem Wettstreit, wer sie zuerst erwischte. Sie hatte eine reizende Art, sie mit ihrem bloßen Fuß aufzuheben, indem sie sie mit der Zehe an die Fußsohle drückte.

Er gab sich zu allem her, wie ein verzogenes Kind. Allmählich flogen die Stücke eins nach dem andern auf den Rasen. Dann las sie die hingefallenen Kerne auf. Wie hell lachten die beiden dabei! Wie weideten sich seine Blicke an ihrer holden Jugend, die ganz Liebe war, noch schamhaft in der Ehe!

Dann kam ihm ein schwermütiger Gedanke. »Gott gebe«, sagte er zu sich, »dass ich sie nie verliere!« Und er ließ seine Augen in einen Abgrund hinabtauchen.

Plötzlich flog ihm ein großes Stück Orangenschale, wohlgezielt wie eine Backpfeife, an die Nase oder ans Auge. Sie lief lachend auf ihn zu und umarmte ihn. Dann legte sie sich wieder ins Bett, um sich von der großen Anstrengung zu erholen.

5

Sie war unerschöpflich in Erfindungen, um ihn zu stören, brachte ihm Früchte, Blumen, alles, was sie fand, tat die Sträuße in Wasser, in eine Tasse oder in ein Wasserglas und stellte sie neben sein Tintenfass, ja bisweilen stellte sie auch Stühle, Säbel und Karabiner auf seinen Arbeitstisch. Das geschah, um sich an seinen Hals zu hängen, ihn zu umarmen, ihn »Donnerwetter« zu nennen, denn das war Pauls Lieblingsfluch, wenn er ungeduldig war.

Sie sagte dann stets in reizendem Kampfe zwischen der Pflicht, ihn »arbeiten« zu lassen, und der Liebe zu ihm; »Ja, ich muss gehen. Ich gehe aber nicht, wenn du mich nicht hinauswirfst. Wirf mich hinaus, Donnerwetter!« Er hätte es gern »gewollt«, hatte aber nicht die Kraft dazu.

Und doch ging sie bisweilen. Das geschah, wenn sie geschworen hatte, verständig zu sein. Paul sah in seiner trocknen Arbeit stets ihre blassen, aber lebensfrischen Wangen, ihre braunen, lebhaften Augen. Das war der Sonnenstrahl seines Arbeitszimmers.

6

Eines Tages gingen sie Arm in Arm zwischen zwei Pappelreihen; auf einer neu gebauten, noch angepflasterten Straße, am Ufer eines tief eingeschnittenen, etwas schlammigen Baches, der an einem blühenden Obstgarten entlang floss. Kühe rieben sich dort schwerfällig das Maul an den Stämmen der Obstbäume.

Eine junge Dame kam aus einem nahen Schloss und ging an ihnen vorbei. Sie war dunkelhaarig, schlank, elegant, in Hellbraun und Schwarz gekleidet. Ihr Gesicht war schön und nicht allzu mager, aber ihre großen, lang bewimperten Augen waren von schwachen, kaum geschwungenem Brauen umzogen, die Nase etwas zu lang, mit dünnen, geblähten Flügeln, der Mund zu fein, das kleine Kinn zu scharf abgesetzt und die Hände und Füße zu lang und zu schmal. Das alles gab ihr das harte, berechnende Aussehen einer verschlagenen, energischen, leidenschaftlichen Frau, der kein Leid und keine Freude des Lebens unbekannt ist. Ihre Art von Schönheit stand in merkwürdigem Gegensatz zu der Margaretes.

Ein großer falber Windhund sprang vor ihr auf dem Weg hin und, her wie ein roter Blitz.

Als sie Paul und Margarete sah, lächelte sie, Paul lächelte auch. Dann ging sie vorüber. Margarete ließ den Arm ihres Gatten los und ging zehn Schritte voraus. Als er nachkam, blieb sie stehen.

»Was hast du?«, fragte er.

»Nichts.«

»Warum bist du traurig?«

»Ich bin nicht traurig.«

»Bist du krank?«

»Nein.«

»Aber was hast du denn?«

»Nichts.«

Er schloss sie in die Arme; sie war mürrisch und seufzte. »Umarme mich«, sagte er.

Sie gab ihm einen raschen, flüchtigen Kuss. In ihren Augen standen Tränen.

»Ich kann doch nicht dafür, dass du weinst, nicht?«

»Was brauchst du«, sagte sie ärgerlich und sich aufrichtend, »alle Frauen, die vorbeigehen, anzusehen? Warum hast du gelacht?«

»Sie lächelte, weil sie uns glücklich sah, und ich, weil ich sah, dass sie uns verstand. Bist du eifersüchtig?«

»Das brauche ich dir nicht zu sagen.«

Fortan war sie weniger zutraulich und ein wenig traurig.

7

Paul wollte einige Charakterstudien machen, nicht zu seinem Vergnügen, aber aus jener den Männern der Wissenschaft eigenen Neigung, auf den Grund der Herzen zu dringen, wenn auch nicht immer, um klar darin zu sehen. Anspruchsvoll, bisweilen hart, wie die wahrhaft liebenden Männer, gab er so viel, dass er dafür das Ideal forderte. Diese Schwäche, die wir alle mehr oder weniger haben, ist die Folge einer falschen Erziehung, die uns nichts als Götter, Halbgötter, Helden, Engel und Jungfrauen vorführt. Margarete, die ihre junge Seele nicht an diesen trüben Quellen getränkt hatte, verlangte vom Leben nichts als das Leben, von der Liebe nichts als das Glück, und von ihrer Jugend nichts als das Recht, sich so zu geben, wie sie war.

Auf ihren Spaziergängen trug sie bei feuchtem Wetter gern einen hübschen Umhang ohne Kragen, braun und schwarz mit goldigem Einschlag, sehr üppig. Er stand ihr entzückend.

Eines Tages glaubte sie, sie müsste schlechter Laune sein und ihren Kopf durchsetzen. Schon ganz angekleidet, sah sie Paul zu, wie er im Zimmer in Hemdärmeln hin und her ging und häufiger nach ihr sah als nach dem Kleiderständer, von dem er das kleine, kurze und sehr unbequeme Kleidungsstück loshaken musste, das die Schneider Schiffsjacke nennen. Endlich fand er es und öffnete die Tür zum Hinausgehen.

Margarete hatte schwarze Winterstiefel aus lackiertem Ziegenleder mit Stahlknöpfen angezogen. Plötzlich setzte sie sich und knöpfte sie wieder auf. Paul zog seine Handschuhe an und sah ihr zu. Auch sie sah ihm fest ins Gesicht und sagte energisch:

»Du sollst mir meine Stiefel zuknöpfen.«

»Sie sind zugeknöpft.«

»Nein«, sagte Margarete, »sieh doch!«

»Warum hast du sie aufgeknöpft?«

»Darum.«

Wollte sie ihn auf die Probe stellen? War es Laune, Kinderei, Mutwille? Spielte sie? Ihre Miene war nicht sehr gut. Er blickte auf den hübschen Fuß, wollte sich bücken, zauderte und sagte:

»Nein.«

»Warum nein?«, fragte Margarete arglistig.

»Warum ja?«

»Ich weiß nicht, aber ich will ...«

»Ich will nicht ...«

»O, doch, ja, bitte ...«

»Ich will nicht.«

»Was macht dir das aus?«

»Nichts, aber ich will nicht.«

»Nimm meinen Umhang um.«

»Nein.«

»Nur um zu sehen, wie er dir steht.«

»Ich will ihn nicht umnehmen.«

»Bist du böse auf mich?«

»Nein, Margarete.«

»Dann nimm meinen Umhang um.«

»Nein.«

»Dann geh´ ich nicht aus.«

»So bleibe hier.«

»Willst du ohne mich ausgehen?«

»Ja.«

»Ich will nicht, dass du ohne mich ausgehst.«

»Ich will es aber.«

»Du bist heute recht hässlich.«

Sie tat, als ob sie weinte.

»Liebste«, sagte Paul, »komm, knöpfe dir deine Stiefel zu und erlaube mir, dass ich deinen Umhang nicht umtue.«

»Wenn dich die Dame mit dem Windhund darum bäte, du tätest es für sie, nicht wahr?«

»Nein.«

»Also nimm meinen Umhang um und knöpfe mir meine Stiefel zu.«

»Nein.«

Paul ging im Zimmer umher. Margarete stampfte mit dem Fuß, nahm ihren Umhang wieder um, knöpfte sich die Stiefel zu und schien verstimmt. Plötzlich lachte sie laut auf, sprang Paul an dem Hals und sagte zu ihm: »Hättest du mir gehorcht, ich hätte dich nie mehr angesehen.«

»Das wusste ich«, sagte er.

8

Margarete fütterte die Spatzen, die mit Vorliebe in den nahen Kastanienbäumen schwatzten oder sich zankten. Besonders hatte sie zwei Weibchen ins Herz geschlossen, die manchmal zur Essenszeit kamen und ihr die Krumen ans der Hand pickten. Flogen sie dann mit einer dicken Brotkrume im Schnabel davon, so schossen die Männchen, die oben auf der Gartenmauer in Schwarmlinie hockten, von allen Seiten wie Geschosse auf sie zu und schnappten den Weibchen im Fluge die Brotkrume fort. Diese kehrten dann zurück und verlangten zum zweiten Mal Futter.

»Warum«, fragte Paul, »legst du nicht etwas Brot auf die Fensterlehne? Dann könnten die Männchen mit den Weibchen am selben Tisch essen.«

»Was brauche ich«, sagte sie, »diese dicken ausgehaltenen Burschen zu füttern? Ich mag die artigen Weibchen lieber, die mir aus der Hand fressen.«

Ein andermal entschlüpfte Margarete ein bezeichnendes Wort. Es handelte sich um einen zahmen Sperling, der sich mit dem Mädchen angefreundet hatte und ihm selbst auf die Straße folgte. Dies etwas traurige Tierchen nistete stets in den Falten des Taschentuchs seiner Liebsten oder saß auf ihrem Kopfe und piepste sein Liedchen. Margarete wollte auch solch einen Vogel haben, aber ihre Wahl fiel auf einen, der zu wohl und munter und daher weniger gehorsam war. Sie war eifersüchtig auf das Mädchen.

»Ich habe«, sagte sie eines Tages zu ihrem Gatten, »Jeannettes Spatzen viel lieber als den meinen. Er ist kränker, aber viel zutunlicher.«

9

Eines Tages führte ihr Heimweg sie am Kanal von Ruysbroeck entlang. Die Dämmerung sank, eine schöne, stille, feierliche Julidämmerung. Der völlig durchsichtige Himmel gemahnte an die Unendlichkeit. In dieser schwermütigen Stunde, wo die Arbeit aufhört und die Ruhe beginnt, dringt ein hehres Gefühl in die Seele.

Paul und Margarete sahen Arbeiter, die singend heimkehrten. Sie kamen in die Stadt und hörten Mädchen, Frauen und Kinder auf den Türschwellen singen. Sie bemerkten, dass in all diesen Liedern der Mollton vorherrschte und dass sie unwillkürlich gedämpft waren. Drehorgeln und ein paar lärmende Taugenichtse, die gemeine Gassenhauer grölten, unterbrachen die erhabene Serenade, die diese armen Leute der Natur darbrachten, indem sie nach vollbrachter Arbeit ihre Gedanken auf Flügeln des Gesanges dahinschweifen ließen.

In dieser schwermütigen Stunde waren Siska und die alte Roosje zusammen. Siska briet Kartoffeln in einem Rest von Fett, der von dem Sonntagsfleisch übrig war, und Roosje, in einen alten Schal gewickelt, aus dem ihre bloßen, sehnigen Arme hervorsahen, blickte wütend die dicke Magd an, deren Gesicht vom Feuer gerötet war.

Sie beschlossen gerade eine heftige Unterredung, die schon lange dauerte: So wenigstens schien es nach Siskas ungewöhnlicher Erregung, nach ihren Gebärden, die wenig zu ihrer Arbeit passten, und nach Roosjes wütenden Blicken.

»Ich verbiete es dir«, sagte Roosje. »Solltest du dich unterstehen, mir nicht zu gehorchen, so werfe ich dich auf die Straße, und da magst du sehen, wie du ohne mein Testament weiterkommst.«

Bei der Neuigkeit, dass sie, das arme Mädchen, im Testament einer reichen Frau stand, war Siska einen Augenblick freudig verblüfft. Trotzdem hätte sie ihrer Herrin lieber nicht gehorcht. In ihrer friedlichen Seele tobte ein Kampf zwischen dem Wunsche, Roosje des Testaments wegen gefällig zu sein, und ihrer Gewohnheit, Margarete, die sie liebte, gegen Roosje in Schutz zu nehmen.

»Frau«, sagte sie zaghaft, »sie wird so traurig sein, wenn sie das erfährt ... Es ist recht hässlich von ihr, dass sie Sie nicht besuchen kommt ... Aber schließlich ist sie doch jung verheiratet ... Ich sagte es Ihnen schon: kurz nach meiner Heirat ging ich nur noch zu meiner Arbeit, und wenn sie zu Ende war, holte ich meinen Mann ab. Das hindert freilich nicht, dass Frau Margarete ...«

»Frau?«, unterbrach Roosje.

»Verzeihung«, sagte Siska, »Fräulein Grietje. Das hindert freilich nicht, dass sie gegen Sie sehr hartherzig ist.«

»Nicht wahr?«

»Ja, recht hartherzig, Frau.« – Das war wegen des Testaments. – »An ihrer Stelle hätte ich das nicht getan. Das ist ein Zeichen vom schlechtem Charakter, eine Tochter, die ihre Mutter nicht liebt.«

Statt Siska recht zu geben, wurde Roosje vor Wut ganz blass.

»Was!«, rief sie, »du, die ich im Schweiße meines Angesichts ernähre!« – Siska kannte diese Ernährung: in der Woche Kartoffeln in Essig und sonntags ein Lot Fleisch. – »Was«, sagte Roosje streng und hart, »du, die ich im Schweiße meines Angesichts ernähre, du, die alle Monate zehn Franken von deinem Lohne an deine Eltern schickst. (»Ich verdiene sie redlich,« dachte Siska.) – Da wagst hier vor mich zu treten und schlecht von Grietje zusprechen? Ich darf von ihr sagen, was ich will, du nicht, verstehst du, Tellerwäscherin?«

»Jeder tut, was er kann, Frau, und von dem Fett, das da dran ist, werden mir die Hände nicht weich werden. Ich habe Frau Margarete lieber als Sie, verstehen Sie? Sie war gut, sie lachte mit mir, und Sie ranzen mich immer nur an. Sagen Sie mir noch weiter Frechheiten, so lasse ich Sie sitzen, mitsamt Ihren Tellern, verstehen Sie mich? Sie haben kein Herz. Wer arbeitet denn für drei, wäscht, näht, bügelt, macht die Einkäufe, sorgt für Sie wie eine Mutter? Doch wohl ich? Und Sie werfen mir die lumpigen zehn Franken vor, die ich verdiene? Wo anders kriege ich fünfzehn, zwanzig, ja fünfundzwanzig, sobald ich will. Für den Lohn find' ich überall eine Stellung.« Und sie krempelte sich die Ärmel auf. »Wer die Arme hier sieht, der weiß auch, was sie leisten können. Wenn ich hier bei Ihnen bleibe und mich wie einen Hund behandeln lasse, so geschieht das nur, weil Sie gut zu Frau Margarete waren. Das beweist, dass Sie hier etwas haben. (Siska wies auf ihr Herz.) Wenn nicht, sag' ich Ihnen offen, regt voor de fuist, gerade vor der Faust weg, ich lasse Sie ohne Zaudern sitzen.«

Damit drehte sie Roosje den Rücken und warf, vor Entrüstung zerstreut, eine Schaufel Kohlen in die schmorenden Kartoffeln. Dann wandte sie sich wieder zu Roosje um, aber in der Verwirrung, in die ihre Entrüstung sie versetzt hatte, sah sie die dicken Tränen nicht, die eine nach der andern aus den Augen der Alten quollen und auf den Tisch fielen.

»Siska«, sagte diese, »geh, wenn du willst; lass die arme alte Mutter allein, die kein Kind mehr hat. Lass mich sterben, lass mich draufgehen! Wozu taugt man noch, wenn man alt ist? Liebe die Frau Margarete, meinetwegen! Aber mich ... da meine Tochter mich verlässt, da mich alles verlässt, musst du mich wohl auch verlassen.«

Nun weinte Siska.

»Baasin und Herrin, grämen Sie sich nicht, ich liebe Sie auch, glauben Sie's mir, und alles, was ich sagte, war nur im Zorn gesprochen.«

Damit warf sie sich der alten Roosje an den Hals. Und Roosje weinte Freudentränen, dass sie nicht allein auf der Welt war.

Dann kamen sie überein, geräuschlos auszuziehen und die Gardinen an den Fenstern zu lassen, bis sie eine neue Wohnung gefunden hätten. Beide schworen, nie wieder einen Fuß in das Haus des »Lumpendoktors« zu setzen, der alle Liebe und alle Gedanken Grietjes in Beschlag nahm, die nun die lieblose Frau Margarete geworden war.

Als Roosje diesen Entschluss fasste, wurde sie blass und wollte nichts essen, obwohl Siska von ihrem Gelde Olje Koekens gekauft hatte, um die durch die plötzlich aufgeschütteten Kohlen verdorbenen Bratkartoffeln zu ersetzen.

10

Nichts deutete bei Margarete auf baldige Mutterschaft, obwohl sie von Juno geschaffen schien, ohne Schmerzen zu gebären. Aber Paul war sicher, bald Vater zu sein, und in seinen Träumereien räumte er fortan der Liebe, die er schon für sein künftiges Kind empfand, einen Platz neben der Liebe für Grietje ein.

In dem Gedanken, dass sein Kind Fehler und Vorzüge der Mutter erben werde, beobachtete er, wie Margaretes Geist sich angesichts der Natur entwickelte. Er wollte ihr keine Liebe zur Natur predigen und war zufrieden, wenn sie Verständnis dafür bewies. Wenn das Kind erst groß genug wäre, um die Dinge zu begreifen, würde Margarete in ihm die Verehrung des Wirklichen, Guten und Schönen merken: Das wusste Paul. Sie besaß jene starke Lebensweisheit, die zwar stets des Unbekannten eingedenk ist, das sich unsern Blicken unablässig darbietet und zugleich entzieht, und die doch das Leben so ansieht, wie es ist, nicht um ein anderes zu träumen, sondern um das von ihm zu fordern, was es bieten kann, Mühe und Arbeit, aber auch tiefe, dauernde Befriedigung, und mit ihr die Heiterkeit der Seele und die starke Hoffnung, den Stern und Leuchtturm der wackeren Herzen. Und diese Lebensweisheit würde sie ihrem Kinde mitteilen.

11

Eines Tages gingen Paul und Margarete am Ufer eines der herrlichen Teiche von Rouge-Cloître. Sie sahen eine weiße Schnecke durch den Staub kriechen, die sich den Rücken an der Sonne wärmte und ein Recht aufs Leben zu haben glaubte. Das harmlose glückliche Tierchen bewegte sanft seine Fühler und schien Gott zu danken, dass der Sand so warm, die Luft so lau und das Wetter so schön war. Plötzlich kam aus den Grashalmen, die sich zur Seite bogen, rasch, flink und behände ein Käfer hervor, die Kiefer zusammengeklappt, wie eine verzahnte Zange, und mit einem funkelnden, goldpunktierten Panzer bedeckt. Es war ein schönes Insekt, aber stumpfsinnig und blutdürstig wie alle Mörder im Sold der Natur. Die Schnecke erblickt ihn, zieht ihre Fühler ein und will entfliehen. Aber es ist zu spät. Der Käfer öffnet seine

Zangen und versetzt der Schnecke zwei tiefe Schnitte ins Fleisch. Sie krümmt sich langsam, ihr Todeskampf ist so träge, wie es ihr Leben war. Nach ein paar schlaffen Zuckungen stirbt sie. »Schrecklich«, sagte Margarete, »soll ich das böse Tier zertreten?«

»Beeile dich nicht«, versetzte Paul.

Der Käfer zerriss die Schnecke mit seinen Zangen und betastete ihr frisches Fleisch mit seinen Fühlern, während er sie verzehrte. Er schwoll zusehends auf und fraß immer weiter, aber mit weniger Kraft und Gier. Bald hatte er das blöde Aussehen eines dicken Finanzmanns, der in den fetten Wonnen einer guten Verdauung schwelgt.

Plötzlich kam leise und vorsichtig, über den Staub hinschleichend, ein kleinerer, behänderer Käfer, der Hunger hatte. Er stürzte sich auf den Leichnam der Schnecke, der satte Käfer wollte ihn verteidigen, und im Nu hatte sich ein Kampf entsponnen, ein heißer, roher Kampf, wie der Aufeinanderprall zweier Maschinen. Die Leiber bewegten sich nicht, die beiden Köpfe, die sich berührten, schienen nur Augen zu haben, um ihre Blöße, den Leib zu decken. Die Zangen verwickelten sich ineinander; der satte Käfer verlor die eine und umkrallte den Angreifer heftig mit den Füßen. Ihn loszulassen, wäre das eigene Todesurteil gewesen. Aber der hungrige Käfer machte plötzlich eine so heftige, rasche Bewegung, dass sein gesättigter Gegner auf den Rücken fiel und die Beine von sich streckte. Er erlitt das Los der Schnecke und wurde wie sie aufgeschlitzt. Bevor der Sieger seinen Schmaus begann, betastete er abwechselnd sein noch lebendes Opfer und die Reste der Mahlzeit des Besiegten, aber er zauderte nicht lange, entschied sich für die Schnecke, deren Fleisch ihm zarter schien, und ließ seinen halb aufgefressenen Feind in den Qualen eines grässlichen Todeskampfes enden.

»Ach!«, sagte Margarete und zertrat die Schnecke und die beiden Käfer mit dem Fuße, »ist es gerecht von Gott, zuzulassen, dass der Starke immer den Schwachen frisst? Was hatte denn die Schnecke getan, dass sie den Tod verdient hatte?«

»Schau«, sagte Paul.

Ein Lamm, ein schönes kleines Lamm, das mit einem langen Strick an einen Pflock gebunden war, weidete die jungen Sprossen eines Schlehdorns ab.

»Wie schön ist, es!«, rief Margarete und streichelte es, »das arme gute Tierchen, sieh nur, wie artig es frisst. Wie zufrieden es aussieht, die Sonne auf dem Rücken und die Weide vor dem Munde! Sieh, es lässt sich durch mein Streicheln nicht stören. Ach, du Pflanzenfresser, ich möchte dich als Hund haben, du bist gut und hübsch, und ich mag dich gern, Lämmchen!«

»Kannst du mir sagen«, fragte Paul, »was dies Lamm getan hat, dass es verdient, von dir gegessen zu werden?«

»Von mir?«, sagte Margarete entsetzt und zog die Hand von dem krausen Fell zurück.

»Von dir, ja. Hast du noch nie Hammelkeule oder Koteletten gegessen?«

»Du hast recht«, sagte Margarete, »aber ich kann nichts dafür, dass Gott die Steine nicht so zum Essen gemacht hat, wie das Lamm.«

In diesem Augenblick kam die Dame mit dem Windhund an ihnen vorbei. Sie trug ein graues Tuchkleid mit weißen Besätzen, einen Hut aus Reisstroh mit großen Flügeln und mit Rosen und Mohnblumen garniert.

Beide Frauen tauschten einen feindseligen Blick. Paul schien verlegen. Die Dame mit dem Windhund entfernte sich, und Margarete und Paul, der blass geworden war, setzten ihren Spaziergang fort. Sie schwiegen lange, schließlich sagte Margarete dumpf:

»Die Frau ähnelt dem kleineren Käfer.«

»Von Weitem,« versetzte Paul.

»Sie ist nicht gut. Was meinst du?«

»Nichts. Es ist mir einerlei.«

»Weißt du, wie sie heißt?«

»Ja.«

»Wie?«

»Gräfin von Zuurmondt und mit Vornamen Amelie.«

12

Roosje hatte ihren Fluchtplan noch nicht ausgeführt, und Margarete dachte immerfort an ihre Mutter. Am Morgen fragte sie sich: »Was tut sie jetzt? Sie macht selber das Frühstück, aus Angst, dass Siska zu viel Reisig in den Herd tut und zu viel Kaffee und zu wenig Zichorie in den Morgentrank. Sie ist vielleicht sehr traurig. Gegen Mittag wird sie das Essen kochen, und Siska wird nicht mehr die guten Bissen kriegen, die ich ihr gab. Arme Siska! Ich muss ihr ein paar Leckerbissen mitbringen.« Um ein Uhr sagte sie sich: »Es ist Essenszeit, warum kann ich ihr nicht unser Essen bringen? Es ist weit besser. Aber sie würde es ablehnen.« Dann fuhr sie in ihren Erinnerungen fort: »Nach dem Essen wird sie das Haushaltungsbuch, dann ihre Rechnungen in Ordnung bringen und ihre Strümpfe stopfen, dazu wird sie die Wolle von den abgetragenen nehmen. Dann wird sie aus Gewohnheit meine Winterkleider ausschütteln, in der Hoffnung, dass die Motten, die in der Wolle sitzen, herausfallen. Und dann wird sie vielleicht denken, dass ich sie nicht mehr liebe. O doch, doch, arme Mutter, so ganz allein! Aber sie wird es nicht mehr lange sein. Paul, wir wollen sie umarmen gehen.«

»Gehen wir«, sagte Paul.

Sie gingen in froher Stimmung zu Fuß hin und sahen vor Roosjes Haus die Gardinen und Vorhänge an den Fenstern, alles in schönster Ordnung. Sie schellten. Siska öffnete ihnen.

»Frau, Frau«, rief sie und vergaß die Tür ganz zu öffnen, sodass der Doktor und Margarete sie aufstoßen mussten. »Frau, Grietje kommt zurück, Fräulein Grietje.« Eine harte und wütende Stimme antwortete:

»Was schiert mich das? Es ist zu spät!«

»Zu spät? Warum?« rief Margarete aus und sprang vier Stufen auf einmal hinauf. »Zu spät, Mama, zu spät?«

Und sie warf sich an Roosjes Hals.

»Ist er auch da?«, fragte Roosje, sich den Liebkosungen ihres Kindes nur schlecht erwehrend.

»Ich bin da«, sagte Margarete, »ich, die dich so lange alleingelassen hat. Aber ich kann nichts dafür. Küsse mich, Mutter, küsse mich.«

Roosje gab ihr keinen Kuss, drückte sie aber unwillkürlich in die Arme und sagte:

»Lass dich von einem andern küssen, geh, was brauchst du meine alten Liebkosungen? Wenn man es sechs Wochen aushält, ohne seine Mutter zu sehen, kann man sie auch einen Monat, zwei Monate, immer allein lassen, bis sie unter der Erde ist, statt darüber. Du bist ja recht geputzt und recht schön, ganz in Seide, wenn's beliebt. Das Geld rollt nur so bei dir. Ich weiß nicht, wie du dich getraust, mich in meinen Lumpen zu umarmen. Wo ist er?«

»Hier, Mutter«, sagte der Doktor mit ernster, sanfter und leicht bewegter Stimme. Und er kam die Treppe herauf.

Roosje stand aufrecht und starr auf dem Flur. Er wollte sie umarmen, wie es Margarete getan. Sie stieß ihn zurück. »Ich lasse mich nicht von Männern umarmen.«

»Sind Sie denn nicht meine Mutter?«, fragte er sanft.

»Ihre Mutter?«, fragte Roosje verblüfft. »Ihre Mutter? Nein, das nicht!«

Und sie warf Paul einen Blick so tiefen Hasses zu, dass er erschrak.

Indessen drückte Siska, zugleich lachend und weinend, Margaretes Hände heftig: »Ha, Fräulein, Fräulein,« sagte sie, »Fräulein, Sie sind wieder da! Sie sind wieder da, Fräulein!«

Paul litt unter Roosjes Kränkung. »Wie?«, sagte er sich, »ich komme zu dieser Frau, harmlos, zutraulich, liebevoll, will ihr die Arme um den Hals legen wie ein Sohn, ihr altes Herz an einem jüngeren wärmen, und sie behandelt mich wie einen Taugenichts!«

Das Blut summte ihm in den Ohren, ein brennender Schweiß netzte seinen Körper, seine Fäuste ballten sich, und er verspürte einen unwillkürlichen Drang, Roosje zu schlagen. Aber dieser kurzen Aufwallung folgte bald ein Gefühl schmerzlichen Unwillens. Er verzieh ihr.

Margarete, die Paul mindestens ebenso liebte wie ihre Mutter, war über diesen grausamen Empfang empört. Sie öffnete eine Tür im Oberstock und schob ihre Mutter und Paul in ein Zimmer. Dort richtete sie sich entschlossen auf und sah ihre Mutter fest an.

»Warum umarmst du ihn nicht?«, fragte sie. »Warum empfängst du uns auf dem Gange? Warum lässt du uns nicht eintreten?«

»Weil ...« versetzte die alte Frau. Dann ging sie auf Margarete los, ebenso aufrecht und entschlossen wie sie. »Mit welchem Rechte stellst du mich hier zur Rede? Wenn es mir nicht passt, deinen Doktor zu umarmen, wenn ich ihn nicht in mein Haus lassen will, was geht's dich an?«

»Es geht mich wohl an, denn du bist ungerecht, er ist mein Mann und hat dir nur Gutes getan.«

»Gutes?«, hohnlachte Roosje. »Was denn, wenn's beliebt?«

Es war der Hass, der aus ihr sprach, der grundlose Hass einer Frau, die, wenn sie Grund gehabt hätte, der

Sonne zu grollen, ihr am hellen Mittag gesagt hätte: Du bist ein alter, halbblinder Mond und höchstens noch gut für die Rumpelkammer im Paradies.

»Willst du ihn umarmen, ja oder nein?«, fragte Margarete.

»Nein.«

»Nein? Nein? Also du sagst Nein. Schön, da du meinen Gatten nicht sehen willst, wirst du mich auch nicht mehr sehen.«

»Sei nicht hart«, sagte Paul.

»Ich hin nicht hart. Ich setze keinen Fuß mehr in dies Haus. Jetzt ist sie keine Mutter mehr, sondern eine böse Frau, die uns alle beide verwünscht. Nein, lieber sterben als wiederkommen.«

»Schön, komm nicht wieder«, sagte Roosje, die hinter diesem großen Zorn mit Recht einen listigen Versuch sah, sie mit dem Doktor wieder auszusöhnen. »Komm nicht wieder, wenn du nicht willst,« wiederholte sie mit tiefer Verachtung. »Ich kann ihn nicht riechen, ich verabscheue ihn, ich möchte ihn tot und zerstückelt sehen, und da du ihn mehr liebst als mich, geh!«

»Nein, ich liebe ihn nicht mehr als dich, Mutter, ich liebe ihn nur anders, das ist alles.«

»Willst du wohl gehen?«, schrie Roosje, bei diesem Wort hochfahrend. »Willst du wohl gehen, oder ich verfluche dich!«

Und sie hob drohend die Hand gegen die Tochter.

»Ich habe dir nichts Böses getan, du hast kein Recht, mir zu fluchen.«

»Willst du gehen? Willst du mit ihm gehen? Du willst wohl, dass ich einen Schlaganfall kriege? Geh!«

»O Mutter, Mutter, was tust du da?«, sagte Margarete.

»Geh!«, sagte Roosje zitternd und bleich.

»Ich gehe, Mutter, ich gehe, aber das ist nicht recht.«

Beide gingen trostlos, die Stirn unter diesem unverdienten Hass gebeugt.

Kaum hatte Margarete ein paar Schritte gemacht, so kehrte sie um, klopfte an die Tür und sagte weinend:

»Mutter, öffne mir, öffne mir, Mutter, komm mich umarmen!«

Keine Antwort auf dies sanfte Flehen.

»Öffne mir, öffne mir, Mutter,« wiederholte Margarete.

»Die Frau hat es mir verboten«, sagte Siska, die Tür halb öffnend.

»Ich öffne dir, wenn du mir schwörst, ihn zu verlassen,« zischte Roosje.

»Ihn verlassen? Nein.«

Und Margarete holte Paul ein.

Beide gingen schweigend fort. Als sie im Freien waren, schienen die Vögel umsonst für sie in den Bäumen zu singen; umsonst hüpfte eine neugierige Grasmücke von Busch zu Busch, um sie vorbeigehen zu sehen; umsonst war aller Glanz des Sommers, waren alle Kräfte der Natur um sie her ungeheuer und zärtlich. Margarete weinte.

»Meine Mutter hat mich fast verflucht«, sagte sie. »Meine Mutter will, dass ich dich verlasse. Nein, ich verlasse dich nicht, nein, nie! Ich gehe nicht mehr zu ihr, nein! Das ist unrecht, das ist unwürdig!«

Acht Tage vergingen. Margarete lachte nicht mehr, sang nicht mehr und verlor ihre reizende Koketterie.

13

Gegen Mitte August empfing sie einen jener unauslöschlichen Eindrücke, die sich mit goldenen Lettern in das Leben jedes Mädchens prägen, das durch die Ehe zur Frau geworden ist. Es war zwei Uhr nachmittags. Margarete war seit zwei Tagen unruhig, ja zornig gewesen.

»Ich bin müde, ich habe keinen Hunger mehr und Kreuzschmerzen. Es ist recht verdrießlich,« setzte sie hinzu.

Sie legte sich hin. Paul stand am Kopfende ihres Bettes. Er blickte sie an, dann sagte er lächelnd: »Ich weiß, was es ist.«

Sie warf ihm einen verstohlenen, dankbaren Blick zu, dann errötete sie und verbarg ihr Gesicht hastig unter der Decke. Aber da es sehr heiß war, enthüllte sie bald wieder ihr strahlendes Antlitz, ihren runden Nacken, ihre weiße feste Brust, ihre üppigen Schultern, bog den Kopf und den Hals zurück, und mit ihren halb geöffneten Lippen, zwischen denen ihre weißen Zähne schimmerten, lächelte sie verzückt dem zu, dem sie dies reine Glück dankte. Sie streckte ihre schönen bloßen Arme zu Paul hin, zog sein Gesicht mit beiden Händen an das ihre und gab ihm einen langen dankbaren Kuss. Dann stieß sie ihn sanft zurück und erhob ihre großen Augen

gen Himmel, wie um Gott zu suchen und ihm zu danken.

Das war die geliebte, glückliche Frau, die erwachende junge Mutter, die im Geiste schon das Kind umarmt, das sie in ihrem Schoße werden fühlt, das war Margarete, schöner denn je, erhaben und verklärt durch die unendliche Mutterliebe, welche die Kleinen und Schwachen auf Erden kosend umfängt.

Aber an den folgenden Tagen kehrte ihre Traurigkeit wieder. Dann senkte sie den Kopf und sagte: »Arme Mama ... böse Mama.«

Dann warf sie sich ihrem Gatten an den Hals und blickte ihn mit Augen so voll liebender Dankbarkeit an, dass sie auch einem Armen, den alles im Stich lässt, Hoffnung und Kraft gegeben hätten.

»Dich verlassen!«, sagte sie, »Nein, Paul, nein, nie!«

Und das Kind, diese Dichtung zu zweien, lebte in ihren jungen Köpfen. Würde es schön sein oder hässlich? Würde es lebend oder tot zur Welt kommen? Nein, es würde gut, schön, brav, reizend, geistreich sein, ein Herrenmensch, der über alle gebieten, alles beherrschen sollte. Wie viel kluge oder starke Männer, wie viel schöne Mädchen hat dieser Gedanke, diese hehre Leidenschaft geschaffen, ein höheres Wesen in die Welt zu setzen!

14

Roosje und Siska waren ganz allein. Auf die eisige Ordnung ihres kalten Hauses regnete es Verdruss, Verlassenheit und Trübsal. Es war gleichsam ein Schmerz in gut sitzendem Trauerkleid mit rosa Krawatte.

Siska kam zusehends herunter. So sehr sie an der alten Roosje hing, ihre Gegenwart begann tödlich auf ihr zu lasten. Stets das gleiche verkniffene Gesicht, die gleichen selbstsüchtigen Zornesausbrüche, die ewig mürrischen, harten Züge, die dünnen Lippen, die bei keinem Anlass mehr lächelten und sich nur öffneten, um bittere Worte zu sprechen oder das scharfe Gift der Schlange Eifersucht zu spritzen. Der Gedanke, so weiterzuleben, immerzu, ohne irgendwelche Aussicht auf Änderung, war für die arme Siska qualvoll. Wenn sie schlafen ging, müde, sich den ganzen Tag lang zusammennehmen zu müssen, fuhr sie in ihrem Bette empor und tobte ihre Wut im Stillen aus. Am nächsten Morgen war ihr Bettuch wie ein Strick zusammengedreht und bewies die Heftigkeit ihres Albdrückens. Nachts im Traume stritt sie sich oft mit Roosje und prügelte sie weidlich. Aber beim Aufwachen schämte sie sich dieser nächtlichen Anfälle, und den ganzen Vormittag suchte sie das Böse, das sie nicht getan hatte, durch Sanftmut wieder gutzumachen.

Vielleicht hätte sie sich auf dem Boden erhängt, hätte sie nicht einen Tröster gehabt, einen schlauen, gefräßigen Maurer, der sich einbildete, sie hätte Ersparnisse und allerlei Leckerbissen für ihn, und ihr darum den Hof machte. Er lag auf dem Bürgersteig auf den Knien, mit gekrümmtem Körper, den Kopf tiefer als den Rücken, wie eine riesige Kröte, während Siska, auf einem Tisch hockend, ihm durch das vergitterte Zugloch der Küche zuhörte. Da er aber weder Zucker noch Kaffee noch Tabak noch Fleischbrühe noch irgendwelche Speisereste bekam, blieb er fort und suchte anderwärts nahrhaftere Abenteuer. Aber Siska starb nicht daran.

Eines Morgens kam sie schweren Herzens herunter, noch ganz traurig vom letzten Albtraum, in dem sie Roosje derart geschlagen hatte, dass sie zu einem Mohrrübenbrei verwandelt war. Da sah sie die Alte munter und beweglich mit kleinen Schritten in der Küche auf und ab gehen, sich die Hände reiben und heimtückisch lachen.

»Haha!«, sagte sie, »haha! Ob dir das gut steht, Kind? Haha! Blühend und stark wie ein Mann, wahrhaftig. Ich habe ein schönes baumwollenes Halstuch gefunden. Da – ich schenke es dir. Es ist schön, was?«

Erschrocken sah Siska das Tuch an, das Roosje aus der Tasche zog. Es war ein blutrotes Baumwolltuch mit schwarzen Tupfen. Sie glaubte, ihre Herrin wollte sie durch dies Geschenk bestimmen, Paul zu ermorden.

»Ich soll doch nichts Böses dafür tun, nicht wahr, Frau?«, fragte sie und zauderte, es anzunehmen.

»Ha, nein, einfältiges Mädchen«, sagte Roosje und nötigte es ihr auf. »Da ist noch ein Band, um einen Hut damit zu garnieren.«

Siska betrachtete das Band, das noch aus dem ersten Kaiserreich stammte und von zweifelhaftem, verstaubtem Gelb war.

»Einen Hut damit garnieren?«, dachte Siska. »Ich mache mir nicht mal Strumpfbänder davon!« Trotzdem antwortete sie: »Ja, ja, Frau, das wird ein schöner Hut.«

Dann trug sie Roosje Milchkaffee und Butterbrot auf, Sie selbst wurde von Gewissensbissen gepeinigt, da sie an den nächtlichen Traum dachte. Sie setzte sich ans andere Ende des langen Tisches, schnitt sich eine riesige Brotschnitte ab und hielt sich nach der schrecklichen Missetat, die sie begangen, für unwürdig, sie zu essen, bestrich sie auch nicht mit Butter, tunkte sie aber in einer Anwandlung wütenden Hungers in das dampfende Nass und hatte sie bald wie eine Pille verschluckt.

Roosje war unzufrieden, als sie die große Brotschnitte so schnell verschwinden sah, vergaß aber den peinlichen Eindruck und tauchte ihre Butterschnitten nun auch mit wilder, triumphierender Genugtuung in ihren Kaffee. Die Art, wie sie hineinbiss, flößte Siska Grauen ein: Jedes Mal, wenn die spitzen Zähne der Alten in das unschuldige Gebäck bissen, wähnte sie, Roosje äße ein Stück vom Doktor.

»Haha!« kicherte Roosje, als sie fertig war, »das war bequem. Sie lebten da zu zweit und miteinander zufrieden. Ich habe sie vor die Tür gesetzt. Sie verlangten nichts Besseres, besonders er. Ich weiß es. Ja, Siska, ich bin ein Schaf, ein dummes Schaf, ein Erzschaf. Da leben sie nun auf dem Lande wie vornehme Leute, laufen umher, umarmen sich, sind glücklich, und ich ... Aber ich habe sie in der Hand, ich nehme meine Rache. Wir werden sie besuchen gehen. Er wird es nicht wagen, der Mutter seiner Frau die Tür zu weisen. Sie werden es nicht wagen, ihre Faxen und Tändeleien vor mir zu treiben, schamlos zu leben wie die Turteltauben und sich von früh bis spät zu schnäbeln. Sie werden mich ertragen, mich streicheln müssen. Das kostet mir nichts. Du isst, was du kannst, Geflügel, Fleisch, Kuchen, trinkst Wein, Bier, stopfst dich voll, betrinkst dich. Er wird schon merken, was ihm das kostet. Wir wollen die Börse dieses Bettelvolkes leeren. Und dann werden wir sehen, ob er noch die Mittel hat, so weiterzuleben und Landhäuser zu haben. Was, Siska?« ...

Sie stand auf, trat dicht an Siska heran und sprach ganz leise zu ihr, während sie sich nach der Küchentür umsah, ob auch niemand anders zuhörte. »Suche herauszukriegen, wo die Kasse ist. Leere sie ... und ... Zittre nicht, nach ein bis zwei Jahren kann er sein Geld wiederkriegen. Inzwischen welche traurige Figur! Sie müsste dann hierherkommen und mich um Essen bitten. Ihn möchte ich krepieren sehen, weil er kein Glas Wasser hat, und ich gäbe ihm keins.«

Siska schauderte vor dem, was bevorstand. Dann brach sie in Schluchzen aus. »Frau, Frau«, sagte sie, »gehen Sie nicht hin! Die beiden haben Ihnen nie was Böses getan, sie lieben Sie, lassen Sie ihnen ihr Glück. Gehen Sie nicht hin, Frau! Das ist nicht recht. Gott im Himmel wird Sie strafen. Gehen Sie nicht hin, Frau!«

Roosje war einen Augenblick unschlüssig, dann nahm sie wieder eine falsche Heiterkeit an. »Sorge dich nicht, morgen reisen wir. Aber ich werde nicht so schlecht sein, wie du denkst.«

In der Nacht hatte Siska einen schrecklichen Traum. Roosje hatte dem Doktor den Kopf abgeschnitten und ihn zweifellos gekocht, denn er war ganz weiß und schwammig. Sie hatte ein großes Messer und eine große

Gabel hineingesteckt und wollte ihn mit aufgeworfenen Lippen und blitzenden Zähnen verspeisen.

Am nächsten Morgen wären sie schon sehr früh aufs Land gefahren, hätte Roosje nicht so viele Kisten, Kasten und Schubladen abzuschließen, zu vernageln und zu verriegeln gehabt. Die kleinen Möbel, welche die Diebe (so fürchtete sie) wegen des Holzwertes hätten fortschleppen können, schraubte sie sämtlich mit den Füßen am Fußboden fest. Ihr Bargeld brachte sie auf die Bank, und alles, was sie an feinem Leinen und Silberzeug hatte, gab sie einem alten Juden, den sie als ehrlich kannte, gegen gute, vollgültige Bürgschaft zur Aufbewahrung. Schließlich setzte sie einen alten Soldaten, der eine Portierstelle suchte, unentgeltlich in ihre Wohnung, ließ ihm aber nur die Küche und Dachstube offen. Dann schloss sie alle Keller- und Zimmertüren doppelt zu und versiegelte sie.

Als sie so fast aller Sorge ledig war, dachte sie an weiter nichts mehr, als wie die Spinne ihr Netz zu weben, um ihren Feind darin zu verstricken.

Am folgenden Tag um vier Uhr nachmittags reisten die beiden Frauen ab. Roosje hätte nicht all die Bosheiten aufzählen können, die sie sich an diesen zwei Tagen ausgedacht hatte, um das junge Paar zu kränken, all die Giftpfeile, die sie abschießen wollte, den unaufhörlichen Verdruss, den sie ihm zu bereiten gedachte, um Kummer und Schmerz in das Haus ihres Feindes zu bringen.

Die Mücke, die fröhlich in der Sonne schwirrt, sieht das Netz nicht, in dem sie als zerrissenes Opfer ihr Leben lassen wird; der Vogel sieht die Schlinge des Jägers nicht, und die beiden armen Liebesleute, die miteinander umherstreiften, dachten nur daran, gut und glücklich zu sein und Gutes zu tun.

Die Liebe ist ein Gedicht. Sorglos lasen sie es zu zweit.

15

Es war an einem jener schönen Tage am Ende des August, wo man des Abends am feuchteren und kühleren Winde schon merkt, dass der Herbst naht. Es war Mittagszeit und herrliches Wetter. Der Himmel war von mildem Blau, noch gedämpft durch blasse Dünste. Am Horizont ballten sich weiße Lämmerwolken gleich himmlischen Betten für die Liebschaften der Engel. Eine unbestimmte Schwermut lag in der Luft. Die Schwermut der Übergangszeiten; schon vergilbten und vergoldeten sich die Bäume, als wollten sie anstelle ihres Sommerkleides ein noch schöneres antun, um jenen lebendigen dreimonatigen Schlaf zu schlafen, um den viele Menschen sie beneiden könnten.

Paul und Margarete waren glücklich. Es war nicht das Glück der Dummen nach einer guten Mahlzeit, das gleichsam eine Gärung des Fleisches ist, sondern das wahre Glück der Liebenden, ein Glück, auf dessen Grunde immer eine Träne ruht wie eine Perle.

Sie gingen auf der Landstraße nach Paris, der berühmten Straße des Mittelalters, wo wilde Räuber von »artigen Frauen und Mägdlein« so wacker niedergemacht wurden, jener Straße, die zwischen zwei hohen, mit großen Bäumen bestandenen Böschungen dahinführt und zum Träumen einlädt, wo man immerfort gewärtig ist, eine Nixe mit Flügeln aus Seerosenblättern, eine grüne, sprechende Kröte oder einen verzauberten Maulwurf zu sehen, der einen verflucht oder segnet mit seinen zottigen Pfoten, die den Händen eines alten Advokaten gleichen, dessen Finger sich beim Graben unterirdischer Gänge unter dem Wege des Rechtes abgenutzt haben.

Margarete lehnte ihren schönen Kopf träumerisch lächelnd an Pauls Schulter.

»Margarete«, sagte er zu ihr, »über dieser kleinen Welt ist eine Macht, die man Zufall nennt, vielleicht mit Unrecht, denn ihre Wirkungen sind in Wahrheit nur die Folge einer fortlaufenden Reihe natürlicher Verkettungen. Die Art dieser Verkettungen kennen wir nicht, und da wir gleichzeitig das Wunderbare und Geheimnisvolle lieben, so haben wir sie uns in Gestalt eines heimtückischen, unbedachten, spöttischen und fast stets ungerechten Gottes versinnbildlicht ...«

Diese Philosophie sagte Margarete nicht zu. Aber der reizende, gesunde Verstand ihres guten Herzens sagte ihr, dass denkende Männer in gewissen Augenblicken ein Redebedürfnis haben, sofern sie ihre Gedanken nicht dem Papier anvertrauen, was schlimm ist, oder gar einer Druckerei, was noch schlimmer ist. Auch glaubte sie bei aller Verliebtheit durchaus nicht, dass jedes Wort ihres Mannes ein Evangelium sei oder durch Ausdruck und Tonfall seine Liebe verkünden müsse, wenn auch in Gestalt von Philosophie und Beredsamkeit.

Sie lehnte den Kopf also an Pauls Schulter, und er sagte: »Ein Philosoph, etwas närrisch wie alle seines Schlages, verließ eines Tages die Stadt, in der viele Häuser gebaut wurden, um keinen Ziegel oder Baustein auf den Kopf zu kriegen. Er entfloh ins freie Feld und war sicher – als ob man auf dieser Welt einer Sache sicher sein könnte –, ja überzeugt, derart weniger Aussicht auf einen gewaltsamen Tod zu haben. Wohlan, keineswegs! Der Teufel Zufall wollte, dass in diesem Moment ein Adler auf eine Schildkröte herabstieß, sie hoch in die Luft emportrug und da er sie zu schwer fand, vielleicht auch aus Hass auf die Philosophie, sie dem Philosophen auf den Kopf fallen ließ, den sie glatt einschlug. Der Denker war sicher gewesen, dem Tod durch den Ziegel zu entgehen, aber auf den Tod durch die Schildkröte hatte er nicht gerechnet. Das ist der schlimme Zufall.«

»Eines Tages«, hauchte Margarete melodisch und begleitete ihre Rede mit Kopfbewegungen und Blicken, die ihr allein eigen waren, »eines Tages lag auf einem Bette ein junges Mädchen, das ein Doktor, dem die Biersuppe lieber war als die Medizin, zum Tode verurteilt hatte. Da trat in das Wirtshaus ein schöner junger Mann, dem die Frauen lieber waren als die Biersuppen. Hätte er keinen Durst gehabt, hätte ein anderes Wirtshausschild ihn früher verlockt, hätte er auch nur zehn Schritt weiter einen Freund erblickt, so wäre er an der Schwelle der Wirtschaft vorübergegangen und das junge Mädchen wäre lebendig begraben worden. Aber er trat ein, erweckte sie, liebte sie, nahm sie zur Frau und liebt sie noch, mehr als sie wert ist: Das ist der gute Zufall.«

Paul schloss Margarete in seine Arme. Majestätisch und strahlend sah die Sonne zu, wie sie die holden Küsse dieser schönen Liebe tauschten.

Plötzlich sagte Paul: »Spielen wir selbst den Gott Zufall, aber den guten.« Er zog aus seiner Geldtasche ein Zwanzigfrankenstück und sah sich sorgfältig um, ob hinter den Hecken oder auf beiden Seiten des Weges niemand nahte. Sie waren allein. Paul ließ das Goldstück neben dem Schatten eines großen Buchenstammes zu Boden fallen.

Dann erstiegen beide die Böschung und schlüpften durch eine Öffnung, die ein Baum beim Herabstürzen in den Fichtenzaun geschlagen hatte, der das Anwesen des Herrn ... umschloss. Unbekümmert um die Fangeisen und Selbstschüsse, vor denen ein Schild warnte, die aber, wie sie wussten, nicht vorhanden waren, versteckten sie sich im Gebüsch und warteten auf das Urteil des Zufalls.

Ein Herr und eine Dame tauchten an der Wegebiegung auf. Er war gut gekleidet; sein sicherer Schritt verriet den Geldmann. Eine dicke Kette schlang sich dreimal um seine breite Brust, die in seinen Magen überging, der seinerseits mit einem ansehnlichen Bauche verschmolz. Der Doktor sagte: »Viele Gänse, die auf den glühenden Rosten von Straßburg getanzt haben, sehen nicht so imposant aus wie er.«

»Er blickt zu Boden«, flüsterte Paul, »ach!«

»Er wird es sicher finden.«

»Warte.«

»Sie gehen auf das Geldstück zu.«

»Die Dame scheint nachdenklich; sie nimmt den Spazierstock des Mannes und schlägt damit taktmäßig auf den Boden ...«

»Sie muss das Geldstück unfehlbar sehen.«

»Sie sind ganz nahe ...«

»47,75 stehen die Métalliques. Soll ich welche kaufen?«

»Kaufen? Du bist wohl verrückt ... Ich nähme sie kaum zu 42.«

»Vorüber, vorüber«, sagte Margarete und sprang dem Doktor an den Hals. »Sie haben nichts gesehen! Die braven Métalliques! Wie spaßhaft das ist!«

Über zehn Minuten blieb der Weg leer. Margarete wurde ungeduldig.

»Man möchte glauben, sie tun es absichtlich«, sagte sie.

»Wer?«

»Die Armen. Müssten sie nicht eine Meile weit das schöne Goldstück sehen, das nur aufgehoben sein will?«

Paul seufzte und sagte: »Wenn der Mensch stets sähe, wo sein Glück ist, ginge alles besser auf Erden.«

Ein Strahl fiel auf das Goldstück, und es leuchtete auf wie eine kleine Sonne.

Sie hörten Schritte und das Knarren eines schlecht geschmierten Rades.

»Da kommt jemand!«, sagte Margarete. »Wer ist es wohl jetzt?«

Eine Bäuerin erschien, einen Karren vor sich herschiebend. Es war eine der herumziehenden Händlerinnen, die für 80 Heller hundert Stück Reisig verkaufen, die sie haben auflesen, beschneiden, binden, trocknen und in die Stadt fahren müssen.

»Wenn die Ärmste doch das Geld fände!«

»Ich glaube nicht, auf ihrer Stirn steht: ›Kein Glück.‹ Der Zufall will nicht.«

In dem Augenblick, wo die Frau an das Goldstück kam, schob sich eine weiße Wolke zwischen Erde und Sonne. Das Goldstück verlor seinen Glanz, und die Bäuerin ging vorüber.

Ein zerlumpter Knabe erschien auf der gegenüberliegenden Böschung, sprang geschwind wie ein Eichkätzchen auf den Weg, begann wie toll zu laufen und verschwand.

Ein kleines zerlumptes Mädchen kam hinterdrein. Es trug einen halb mit Kartoffeln gefüllten Sack, der ihm zu schwer war. Statt wie der Junge zu laufen, stieg es die Böschung halb hinunter und versteckte sich mit seinem Sack in einem ziemlich tiefen Loche, das von dichtem Gestrüpp verdeckt war. Von unten konnte niemand es sehen, noch weniger von dem Felde, wo es den Diebstahl begangen hatte.

Ein bis zwei Minuten darauf erschien oben auf der Böschung ein Bauer mit einer Heugabel. Er stellte sich an den Band, gerade über dem Kopfe des Mädchens, und begann mit einer Reihe von Flüchen, untermischt mit furchtbaren Drohungen: »Kartoffeldiebe! Wenn ich euch kriege, bring´ ich euch um!« Dann drohte er mit der Faust den Hohlweg entlang, auf dem die Diebe nach seiner Meinung entflohen waren.

Der Doktor und Margarete hatten Mitleid mit der kleinen Diebin. Durch die Lücken im Gestrüpp sahen sie ihre großen schwarzen Augen leuchten und ihr wachsbleiches Gesichtchen sich von dem dunklen Grunde des Loches abheben. Trotz ihrer Dreistigkeit zitterte sie an allen Gliedern. Das geringste Geräusch konnte sie verraten. Sie wusste und fühlte es: Hätte der Bauer sie erblickt, er hätte sie umgebracht oder wenigstens krumm und lahm geschlagen. Der Bauer blieb eine Minute lang stehen, blickte um sich, ohne zu sehen, was er suchte, und lief dann plötzlich auf sein Feld bis zu einer Stelle, von wo er die vier ungleichen Arme eines Kreuzweges übersehen konnte. Dort hielt er eine Zeit lang Umschau nach allen Seiten, sprang dann täppisch die halbe Böschung hinunter, glitt aus, rutschte auf seinem Gesäß weiter und fasste auf dem Hohlwege Fuß. Dann suchte er rechts und links, blickte in die Luft, schwor und fluchte und wühlte mit den Fingern in den Maulwurfslöchern. Hätte ihn die Wut nicht blind gemacht, so hätte er das Schlupfloch bemerkt, in dem die Kleine vor Furcht schlotterte. Aber er sah es nicht.

»Wie gut!«, sagte, Margarete.

Er kehrte wieder um und ging an dem Goldstück vorbei. Während er immerfort »Gott sei verdammt« und andere lästerliche Flüche ausstieß, ging er den Weg weiter bis zum Dorfe. An der Ecke war ein Wirtshaus »Zur alten Trompete«, wo sich dermaleinst die »Brüder vom guten Vollmondsgesicht« [4] versammelt hatten. Dort kehrte er ein.

Die Kleine, die vielleicht seine Gewohnheiten kannte, glaubte wohl, er wäre trinken gegangen, wartete zwei

---

[4] Vgl. die Geschichte »Die Brüder vom guten Vollmondsgesicht« in de Costers »Vlämischen Legenden«, Jena, E. Diederichs Verlag, und die Episode gleichen Inhalts in seinem »Tyll Ulenspiegel«, Buch I, Kap. 36, ebd.

Minuten, streckte den Kopf aus dem Gestrüpp hervor, versteckte ihre Kartoffeln in dem Loch, in dem sie gesessen hatte, kletterte die Böschung herab, machte mit ihrem Nagel ein Kreuz in das grüne Moos eines Kalksteins, der unter dem Versteck lag, und ging stracks auf das Goldstück zu.

Sie hatte bloße Füße. Trat sie auf das Goldstück, so musste die plötzliche Berührung mit dem kalten Metall ihren Blick auf den Erdboden lenken. Die Wolke verschwand, das Goldstück glänzte. In diesem Augenblick brauchte die Kleine sich nur zu bücken, um es aufzuheben, aber sie drehte sich um, jedenfalls um zu sehen, ob der Bauer nicht aus dem Wirtshause kam. Sie kratzte sich am Bein, dann lief sie davon.

Ein schöner junger Mann, schwarz und verträumt, der richtige Romanheld, erschien gesenkten Hauptes am Ende des Weges. Von Zeit zu Zeit hob er die Stirn, als befände er sich unter vielen Menschen, und fuhr sich feierlich mit der Hand durch die Haare. Nachdem er den Bäumen derart seine große Würde gezeigt hatte, senkte er von Neuem das Haupt.

»Wenn er sich oft die Haare streichelt«, sagte der Doktor, »ist das Goldstück gerettet, aber Vorsicht, wenn er den Kopf senkt.«

Der junge Mann blieb stehen, zog einen Taschenspiegel, betrachtete sich darin und senkte von Neuem den Kopf. Dann ging er weiter, trat beinah auf das Goldstück, sah nichts und ging vorüber.

»Ha!«, sagte Margarete, »das ist stark.«

»Durchaus nicht«, sagte der Doktor, »Narziss hat sich darin betrachtet.«

Nach dem einsamen Spaziergänger erschien ein recht schönes Paar, ein junger Mann und eine junge Frau. Sie trug ein weites, reiches schwarzes Seidenkleid; ein Jackett aus weißem Pikee und ein braunes Barett, das mit einer Spange aus Stahlperlen und einer Fasanenfeder geschmückt war. Es war etwas in die Stirn gesetzt und gab ihr ein keckes, kokettes Aussehen, das ihr reizend stand. Der junge Mann war groß, hatte kastanienbraunes Haar, breite Schultern, ein jugendliches, etwas müdes Gesicht, blasse Farbe und geschmeidige Bewegungen. Er war gut gekleidet, wenn auch für die Jahreszeit etwas zu warm.

Beide blieben stehen, um zu sprechen.

Sie: »Wollen wir uns hier nicht ausruhen?«

Er: »Ja, hier. Warum nicht? Das Gras ist trocken, der Schatten kühl, die Blumen duften, und die Vögel singen.«

Sie: »Sonderbar, wenn du sonst mit mir aufs Land gehst, hast du Hunger und Durst. Heute sind wir fast zwei Meilen gelaufen, ohne etwas zu genießen.«

Er: »Flora, der Magen ist launisch wie die Muskeln. An manchen Tagen ginge ich gern zehn Meilen in einem Zuge, und ein andermal möchte ich mich nicht für alles Gold der Welt von meinem Lehnstuhl rühren.«

»Du hast Hunger, du bist blass, ja grün.«

»Wenn ich grün bin, dann ist's vom Widerschein der Blätter. Und was die Blässe betrifft: wenn alle, die blass sind, hungrig sein müssten ...«

»Du gähnst, wohl aus Langeweile?«

»Nein.«

»Bekümmert dich etwas?«

»Nein.«

»Ich habe dich schon froher und glücklicher gesehen ...«

»Ich bin weder traurig noch unglücklich.«

»Du bist also verdrießlich?«

»Vielleicht.«

»Wie findest du mein Seidenkleid? Ernst hat es mir geschenkt.«

»Sehr schön.«

»Mein Jackett ist hübsch, nicht wahr? Meine Tante hat es mir geschenkt.«

»Ich muss dir wohl auch etwas schenken.«

»Du? Das hat keine Eile. Ich liebe dich ja nicht aus Eigennutz, das weißt du doch. Aber es ist wirklich komisch, dass du bei dieser Hitze keinen Durst hast.«

»Das Kamel lebt wochenlang ohne Essen und Trinken.«

»Warum blickst du auf deine Nägel? Das tust du sonst immer nur, wenn du schlechter Laune bist.«

»Du hast doch keinen Durst, nicht wahr?«

Sie, nach kurzem Zaudern: »Nein, ich habe da unten an der Quelle getrunken.«

Er: »Du hast keinen Hunger?«

»Ich esse, wenn ich zu Hause bin.«

»Von hier ist's noch eine Meile bis zu deinem Hause. Du hast Hunger, sag' ich dir.«

»Nein.«

»Doch.«

»Du bist heute recht komisch.«

Er, mit dem Finger auf eine Anemone weisend: »Willst du diese Blume?«

»Ja.«

Er kletterte die Böschung hinan, um die Blume zu pflücken, und stand gerade vor Margarete und dem Doktor, die ihn unbemerkt beobachteten. Er wühlte in seinen Taschen, kehrte das Futter um und sagte mit traurigem Lächeln: »Nichts!«

Flora rief ihm von unten zu: »Was suchst du denn in deinen Taschen?«

Er antwortete: »Ein silbernes Messer, ein Messer, das unser Heiliger Vater, der Papst, geweiht hat. Gott gebe dem alten Manne alles Gute!«

»Brauchst du ein Messer, um eine Blume zu pflücken?«

»Brauchen? Ob ich es brauche? Flora, wie beschränkt du bist! Es war geweiht, sag' ich dir, geweiht und wundertätig. Eine Blume, die mit seiner silbernen Klinge geschnitten ist, bleibt monatelang frisch. Dies Messer war für mich ein Schlüssel, mit dem ich überall Einlass fand. Ich trug es bei mir an dem Tage, wo ich dich kennenlernte. Ich durchbohrte dir das Herz damit, Flora, und seit dem Tage wurdest du sanft. Du fühlst die Wunde nicht, denn es lässt nur den Stolz bluten.«

»Was erzählst du mir da?«

»Ich singe das Lied eines Mannes, der sein Messer verloren hat. Das gute Messer! Bei seinem bloßen Anblick brachte mir jedermann schrankenlose Freundschaft entgegen. Ich war im siebenten Himmel der Hochachtung bei meinem Kaufmann, meinem Bäcker, meinem Schneider. Sie verachten mich, Flora, seitdem ich mein Messer verloren habe. Ich bemühe mich, ohne sie auszukommen ... Das ist schwierig.«

»Wie dumm du bist.«

»Flora, die Dummheit ist die Rast des Geistes. Hätte ich mein Messer noch, ich spräche laut und selbstgefällig, ich gäbe es auf, etwas zu lernen, ich studierte gründlich die Trüffeln, die Gänselebern, die Fettammern, die sechzig bis achtzig Sorten erlesener Weine, die auf den Weinbergen der fünf Erdteile reifen. Ich sagte: Pfui auf die Wissenschaft, pfui auf die Arbeit, pfui auf das Denken! Ich legte mir einen Bauch an, einen fetten Schmerbauch, und Flora fände mich nicht mehr dumm.«

Sie: »Ich will mich setzen.«

Er: »Wenn die Füße müde sind, so gibt es reizende Naturpolster, und Flora täte Unrecht, sich nicht darauf auszuruhen.«

Flora begriff diese Sprache nicht recht. Ganz verblüfft setzte sie sich und sagte: »Wenn all die Dummheiten, die du mir sagst, dich nicht durstig machen, so versichre ich dir, ich kriege Durst davon.«

»Ich werde also nicht mehr reden. Willst du diese Blume, ja oder nein?«

»Das ist mir einerlei.«

»Flora, hast du einen Magen?«

»Ja.«

»Nun, dann bist du weniger glücklich als das Rind ...
Das hat ihrer vier und stets die Füße im Napf.«

»Schweig und komme herunter.«

»Ich gehorche. Trotzdem fände ich gern mein Messer
wieder.«

Er stieg langsam die Böschung herab. »Ach, mein Messer«, sagte er, »wer wird mir die Adresse meines Mes-
sers geben? Wer?« ... Er hielt verblüfft inne, blickte einen
Augenblick auf den Weg, machte einen Satz, bückte sich
und richtete sich sofort wieder auf. »Ich habe es gefunden!«, sagte er. Und er fasste das Goldstück mit dem
Daumen und Zeigefinger. »Siehst du, das ist das Messer,
das Messer des lieben Gottes!«

»Was? Das Goldstück? Das sind doch zwanzig Franken.«

»Du Böse! Hast du denn nicht begriffen, dass ich diese
zwanzig Franken nicht hatte? Der Zufall borgt sie mir
heute. Sobald ich kann, werde ich sie ihm durch die
Hand des Polizeikommissars zurückzahlen. Da ich sie
nicht hatte, hocke ich seit acht Tagen zu Hause, esse so
viel Graubrot, als ich zum Leben brauche, und schäme
mich seit einer Stunde, dass du an meinem Arm Hunger
und Durst hast.«

»Und du?«

»Ach, bei mir eilt das nicht. Das Wetter war schön, und
ich hatte geschworen, ohne mein Messer nicht auszuge-
hen. Aber ich ließ mich von der Sonne verführen, von

den Feldern und von dir ... Liebste. Ich ging also aus, meine Tasche war leer, aber sie lastete wie Blei auf meiner Fröhlichkeit. Jetzt sollst du essen, Kleine, essen und trinken, und du nicht allein. Ich sagte dir nichts von den düsteren Liedern vom Aufhängen, Sichertränken, Sichtotschießen, die mir mein schlaffer Magen sang. Es war wie ein Rabenflug, des Abends, bei Nacht, des Morgens, den ganzen Tag. Wie oft entschwand meinen Augen der tapfere Stern, den man Hoffnung nennt, hinter diesem düstern Schwarm. Flora, du sollst essen und trinken und Wein haben; du bist schwach, blass und müde.«

»Aber was wird morgen aus dir?«

»Aus mir? Ein Tag des Glücks bringt mir vier Tage der Kraft. Du bist gut, du bist schön, und ich liebe dich. Du wirst essen und trinken. Wende nichts ein, schweige. Die Sonne scheint hell, die Vögel singen. Liebe mich und sprich nicht von dem andern, tu wenigstens so. Nicht wahr, ein Beefsteak ist dir lieber als eine Blume? Nun, mir auch. Komm.«

»Du bist ein guter Kerl.«

»Komm.«

Sie gingen mit raschen Schritten dem Wirtshaus zu, in das der Bauer eingekehrt war.

Paul blieb nachdenklich. »Ein Künstler«, sagte er, »der die unsicheren Erfolge der Zukunft für seinen Magen bezahlen lässt.«

»Armer Kerl!«, sagte Margarete.

»Zu gut, um sich durchzusetzen«, bemerkte Paul schwermütig.

16

Paul und Margarete blieben beieinander, ohne aufzustehen, und träumten noch weiter von dieser Szene des wirklichen Lebens, die sich vor ihnen abgespielt hatte. Margarete sann nach, was sie ihrem Kinde, wenn es größer wäre, darüber sagen würde. Sie lehnte den Kopf noch immer trag an die Schulter ihres Mannes, dies Kopfkissen der liebenden Frauen, und nahm sich vor, dem Kleinen, denn es würde sicher ein Knabe sein, lieber das Buch von den großen und kleinen Straßen vorzulesen, als die Bücher, die im Laden zu kaufen sind. Ein Knabe! Welches Glück! Sie war nie leidend, und das Dienstmädchen sagte ihr, das bedeute einen Knaben. Er sollte Pauls Ebenbild werden, aber eigenwillig und kampflustig; er sollte seine kleinen und großen Freunde, mit Faust und Stock weidlich durchprügeln, wie es ihr Mann als Knabe getan hatte. Zu diesem Zweck wollte sie ihrem Sohn einen dünnen, festen Rohrstock kaufen. »Und dann werden wir sehen«, sagte sie sich, »ob einer es wagen wird, ihm etwas zuleide zu tun.« Jedes Mal, wenn er sich tüchtig gerächt hätte, ohne dass er den Streit angefangen hätte, wollte sie ihm ein Spielzeug oder ein kleines Geldstück schenken; andernfalls wollte sie ihn selbst schlagen, ohne Paul etwas davon zu sagen, und ihn dann in einen Schrank sperren. So gutmütig wie der, der eben das Goldstück aufgehoben hatte, sollte er nicht werden; das würde sie nicht dulden.

In solche Gedanken versunken, hörte sie plötzlich die Stimme eines alten Mannes. Er sprach langsam, korrekt, höflich. Eine junge, hochmütige, metallische, erregte Stimme antwortete ihm. Es war die Dame mit dem Windhund, die mit einem Mann in den Fünfzigern plaudernd vorüberging. Er trug einen Anzug und Schuhe von weißem Zwillich, schwedische Handschuhe und einen eleganten Strohhut.

Der Windhund lief vor ihnen her, mit der schwermütigen Miene, die diesen Tieren eigen ist. Er senkte den langen Kopf mit dem breiten Maul zu Boden, und wenn er die Lippen hochzog, sahen die spitzen Haken seiner langen Schneidezähne hervor. Seine scheinbare Sanftmut und der wiegende Gang seines langen, geschmeidigen Körpers gemahnten an eine Schlange oder einen Hecht, die so ruhig und harmlos dreinschauen, wenn sie auf ihre Beute lauern, bis zu dem Augenblick, wo ihre Muskeln, durch das Bedürfnis zu töten oder zu fressen gestrafft, zu Stahlfedern werden und sie auf das harmlose Tier losstürzen, das ihrer Kriegslist zur Beute bestimmt ist.

17

Die junge Frau sprach sehr laut.

»Nein«, sagte sie, stehen bleibend, mit erhobenem Kopf und mit dem Fuß stampfend, »Nein, keine Ratschläge. Ich will, was ich will, und was ich will, geschieht.«

Ihr Begleiter war gleichfalls stehen geblieben. Er machte einen guten, verständigen und wohlgenährten Eindruck.

»Sie werden sich also nie ändern, Amelie?«, sagte er.

»Nein. Ändert man denn seinen Charakter? Bisher habe ich alles gehabt, was ich wollte, alles, verstehen Sie? Warum sollte ich es nicht mehr haben? Und ... wenn ich sie zerbrechen müsste wie ein Rohr ...«

»Mit diesen zierlichen Armen?«

»Zierlich genug, um zu gefallen, mag sein; aber stark genug, um ...«

»Tätlichkeiten! Frau Gräfin, überlassen Sie das Ihrem Kutscher. Ich übernehme die blöde und lachhafte Rolle Ihres Vertrauten, die Sie mir aufnötigen. Ich könnte Ihr Vater sein, und als solchem gestatten Sie mir, Ihnen zu sagen, dass Sie nicht bei Troste sind. Amelie, Sie sind im Begriff, etwas Schlechtes zu tun. Was haben Sie davon, sich in diesen Mann zu vernarren? Vor zwei Jahren locken Sie ihn zu sich, unter dem Vorwand eines Besuches, den er nicht ablehnen konnte. Sie missbrauchen Ihre Stellung, Sie verführen ihn – das ist das rechte Wort. Er erwidert Ihre Leidenschaft mit Liebe, Ihre Laune mit Zärtlichkeit, gibt Ihnen mehr, als Sie ihm geben. Mit einem Male, nach einer Woche, einem richtigen Honigmondviertel, erscheint Frau Amelie wieder in der Welt, wieder als Witwe, munter, geputzt, getröstet. Haben Sie ihn verlassen? Was ist der Grund dieses jähen Bruches?«

Die Gräfin antwortete etwas beschämt:

»Ein Brief an einen Mann. Ich schrieb ihn in etwas zärtlichem Tone. Man soll eine Liebschaft nie abbrechen, sondern lösen. Der junge Mann nahm den fast fertigen Brief und las ihn. Stellen Sie sich vor, was er mir klipp und klar gesagt hat; ich wage es, Ihnen kaum zu wiederholen! ›Gnädige Frau‹, sagte er, ›Sie haben die Liebe in ihren verschiedenen Formen so oft genossen, dass ich fürchte, eines Tages in eine Bildergalerie zu geraten, deren Urbildern ich hier und da begegnen könnte. Auch fürchte ich, wenn sie mich an Ihrem Arm sehen, würde mich das Lächeln, womit sie ihren Gruß begleiten, nicht eben erfreuen. In der großen Welt und auch in der meinen, Frau Gräfin, haben manche Männer – und zu ihnen gehöre ich auch – die Krankheit zurückblickender Eifersucht. Ich habe auch noch eine andere, von der Sie mich nicht heilen könnten. Ich bin kein Glücksritter und suche nichts als Liebe, das ist das Ziel aller meiner Gedanken. Lieben, mein Herz an eine Frau hängen und sie glücklich machen, nicht mehr und nicht weniger. Betröge sie mich, wie Sie mich betrügen könnten, so würde ich sie ohrfeigen, dass ihr die Zähne herausflögen, wenn ich kein Messer hätte; und hätte ich eins, so stieße ich es ihr ins Herz und glaubte, Recht daran zu tun. Die Erinnerung an die teuren und süßen Augenblicke, die ich mit Ihnen verbrachte, werde ich stets bewahren, aber ich würde Sie zu sehr lieben, wenn ich Sie stets liebte. Genug, ich sage Ihnen, es ist besser, ich breche jetzt mit Ihnen als später: Wir müssen uns fortan als Fremde betrachten.‹ Diese hochmütige Sprache schmetterte mich nieder, aber ich fand den jungen Mann recht schön während dieser Rede. Wir Frauen verbringen unser Leben damit, die Männer zu verlachen und darunter zu leiden; wir lieben wider Willen das, was der große Haufe verspottet, die Liebhaber mit den starken, naiven Leidenschaften, die im Notfall für uns sterben oder einen an-

dern töten. Darum will ich ihn haben, und darum werd'
ich ihn haben.«

»Ich zweifle daran. Sie sind schön, aber sie ist ebenso
schön ...«

»Sollen wir ihr die Augen ausreißen?«

»Wozu?«

»Um sie meinem Hunde zu geben.«

»Immer sachte! Aber nochmals: warum diese plötzliche
Laune? Sie haben über ein Jahr nicht so ausgesehen, als
ob Sie an ihn dächten, und nun ...«

»Nun ... nun ...« Sie zauderte. »Ich erröte, ich weiß es,
ich schäme mich vor Ihnen, aber ich werde es Ihnen sagen. Ich bin eifersüchtig, eifersüchtig auf sie, die ihn mir
genommen hat.«

»Sie wollten ihn ja gar nicht mehr.«

»Ich hätte ihn noch wollen können, hätte ihn vielleicht
geheiratet, mich unter meinem Stande verheiratet.«

»Ach, Frau Gräfin! Und jetzt ... noch immer? Aber Sie
können es zum Glück ja nicht mehr. Machen Sie
Dummheiten, stellen Sie sich bloß, aber heiraten Sie
nicht unter Ihrem Stande. Im Übrigen handelt es sich gar
nicht um Ehe, sondern um einen Ehebruch, und der ist
fast stets abstoßend oder lächerlich.«

»Was liegt daran, wenn man liebt? Und Sie, der Sie mir
eine Tugendpredigt halten, waren Sie in dieser Hinsicht
stets ohne Makel?«

»Darum erlaube ich mir ja gerade, Ihnen Ratschläge zu
geben. Lieben Sie ihn wirklich, wollen Sie nicht, dass jede Ihrer Freuden eine Qual ist, wollen Sie nicht einen

Fetzen Ihres zerrissenen Herzens an jedem Dornbusch dieses engen und krummen Pfades zurücklassen, der Sie nach Ihrer Meinung zum Glück führen soll, so halten Sie inne, Frau Gräfin, und vergessen Sie dies unheilvolle Verlangen! Bedenken Sie, es ist ein namenloses Leiden, ein schon verschenktes Herz zu teilen, Liebkosungen zu empfangen, die eine Andere vor Ihnen erhielt, Worte zu hören, die nur der schwache Nachhall von denen sind, die ins Ohr einer angebeteten Andern geflüstert wurden. Mit diesem schmachvollen Glück mag sich begnügen, wer imstande ist, zu teilen, anstatt zu töten, wer schlaff ist wie eine Schnecke, ohne Gesicht, Geruch und Gefühl, wer Haare sehen kann, die im Liebesrausche zerwühlt sind, und sie noch zu liebkosen vermag, wer den bleichen Mut hat, an einem geliebten Körper den Duft zu atmen, den jemand anders zurückließ, wer seinen schalen Mund über Lippen gleiten lässt, die noch von rechtmäßigen Küssen beben. Puh! Welch ein Ragout?«

»Ich sage Ihnen, ich will es und weiß, wie ich es zu machen habe. Kommen Sie!«

Sie verschwanden.

Margarete hatte Paul unverwandt angeblickt. Mehrmals wollte er ein Geräusch machen oder sprechen, um dieses Gespräch zu unterbrechen. Doch sie zwang ihn, still zu bleiben und zu schweigen, indem sie ihm die Hand auf den Mund legte.

Sie stiegen die Böschung hinab und kehrten heim. Unterwegs sagte sie plötzlich nach langem Schweigen: »Ich hasse diese Frau.«

»Lass sie laufen«, antwortete Paul im Tone vollkommener Sorglosigkeit. Das beruhigte Margarete wieder und ließ sie den Zwischenfall vergessen.

18

Zur Essensstunde kehrten sie heim. Auf dem weißen Tischtuch prangten in Schalen aus Bergkristall Blumen und Früchte, schöne Pfirsiche, schöne Weintrauben. Die Köchin, verschwenderisch und feinschmeckerisch – zwei Eigenschaften, in denen die Kennzeichen des Berufes liegen – trug eine prächtige Gemüsesuppe mit Brotschnittchen auf, um ihnen das Herz zu erheitern, wie sie sagte. Dann kamen Pastetchen, nach denen sich Brillat-Savarin [5] ein Jahr lang die Pfoten abgeleckt hätte.

Ein ungewohnter Lärm entstand im Vorflur.

»Sie kommen nicht herein!«, rief die Stimme des Dienstmädchens. »Ich sage Ihnen, Sie kommen nicht herein!«

Sie hörten das Geräusch eines Kampfes und das Klatschen einer Ohrfeige. Dann flogen plötzlich, ohne dass angeklopft wurde, die beiden Flügel der Esszimmertür krachend auf, und herein drangen Roosje und Siska, fast verschwindend unter der riesigen Rundung ihrer weiten Krinolinen. Die Alte war wütend, Siska bewahrte ihre gewohnte Ruhe. Beide waren kaum zu sehen inmitten der Schachteln, Nachtsäcke, Regen- und Sonnenschirme, Gummischuhe, Stiefel und Pantoffeln, die sie in den Armen trugen wie riesige Trauben, deren Beeren dank einem sinnreichen Bindfadensystem zusammenhielten.

---

5 Bekannter gastronomischer Schriftsteller.

Siska hatte den kleinen Finger durch den Ring eines Käfigs gesteckt, in dem ein kleiner, vor Angst zitternder Kanarienvogel verblüfft Augen und Schnabel aufsperrte.

»Stellen wir sie dahin«, sagte Siska, auf die Schachteln deutend. Es waren neun Stück, die reine Pyramide. Der Käfig wurde auf eine Kommode gesetzt. Die Sonne fiel ins Zimmer, und der Vogel begann, ohrenbetäubend zu singen. Sein fröhliches Zwitschern begleitete die schallenden, bissigen Worte, die Roosje zunächst an Margarete richtete.

»Na, das ist ja reizend ... So also erlaubst du, dass deine Mutter empfangen wird! Ich musste dem kleinen Schwein da eine Ohrfeige geben,« setzte sie hinzu, auf das Mädchen deutend. »Verstehst du, Schafsgesicht, dümmer als ein Kamel, verstehst du, Gans und Pute, die du bist? Ich bin die Mutter dieser »Dame«, ihre wirkliche Mutter, jawohl, obwohl sie es kaum zu merken scheint!«

Margarete war ebenso erschrocken und verblüfft wie der Doktor. Sie stammelte:

»Es ist recht, Mama, dass du gekommen bist, ich war besorgt um dich und recht traurig. Du wirst hier wohnen, wir haben ein schönes Zimmer für dich und ein sehr hübsches dicht daneben für Siska. Du hast uns etwas überrascht. Dein Eintritt war so bizarr.«

»Bizarr! Was ist das, bizarr? Etwa ein neues Wort? Ja, wir werden hier wohnen, verstehen Sie, kleines Perlhuhn?« sagte Roosje hochmütig zu dem Dienstmädchen.

»Mama«, sagte Margarete, indem sie Roosje umarmte, »wenn du das Kind nicht mehr misshandeln wolltest – sie ist uns anhänglich.«

»Anhänglich, misshandeln, was heißt das? Hab ich dich misshandelt, kleine Gans? Antworte.«

Das Mädchen weinte und blickte mit großen traurigen Augen zu Margarete empor.

»Antworte nicht, Johanna«, sagte Margarete, »Mama ist ärgerlich, dass sie uns so plötzlich ins Haus fallen musste.«

»Sie musste mir aufs Wort glauben, diese Schimpfdrossel«, sagte Roosje, »und sehen, dass ich deine Mutter bin.«

»An dem Kostüm jedenfalls nicht«, dachte Johanna und lächelte unter Tränen.

»Ich glaube, du lachst noch, blödes Ding! Wage zu sagen, dass ich ihr nicht ähnlich bin!«

Das Mädchen nahm die Schachteln und ging hinaus, ohne zu antworten.

»Siska, geh hinterher«, schrie Roosje. »Lass sie nicht allein bei den Schachteln mit den Halstüchern und Bändern ... Die Mädchen sind ... geh doch, Siska.«

Siska musste Margarete verlassen und ging mit Johanna hinaus.

Nun erst tat Roosje, als bemerkte sie Paul, obwohl sie ihn schon mit dem Blick ihrer bösen grauen Augen, die immerfort auf ihn gerichtet waren, viel grausamer gekränkt hatte als das Mädchen durch die Ohrfeige.

»Ei guten Tag, mein Herr Schwiegersohn«, sagte sie höhnisch lachend. »Aber guten Tag doch! Ich hätte Sie fast vergessen. Sie haben ja hier ein reizendes Nest. Die Kranken bringen wohl viel ein? Meine Frau Tochter war traurig, mich nicht mehr zu sehen; ich dachte ihr eine Freude zu machen, indem ich Sie hier für ein paar Tage belästige, mit Ihrer Erlaubnis selbstredend ...«

»Sehr erfreut«, sagte Paul, »Sie werden mit uns essen. Siska, die sicher auch Hunger hat, wird das Nötige in der Küche finden.«

Unter allen andern Umständen hätte Roosje das Angebot natürlich gefunden, aber Paul hatte einen Wunsch, ein Verlangen geäußert: Sie hielt sich also für berechtigt, sofort das Gegenteil zu verlangen.

»In der Küche? Lieber äße ich selbst in der Küche. Im »Kaiserwappen«, und das war ein geachtetes Schild, wurde die vornehme Welt nicht nachgeäfft. Siska und ich aßen in der Küche. Aber jetzt wollen die Bürgersleute sich gleich als hohe Herren und Damen aufspielen, sobald sie gelernt haben, die Augen zu verdrehen, den Hut abzunehmen wie ein Tanzmeister oder die Krinoline zu lüften, als ob eine Kohlenpfanne darunter wäre. Sei still, Kanarienvogel, oder ich erwürge dich in deinem Käfig. Da seht ihr, selbst der Vogel scheint sich über mich lustig zu machen.«

»Aber, Mama, der versteht dich doch nicht«, sagte Margarete; »er singt, weil geschrien wird.«

»Schweig, du bist auch so schnippisch wie die andern. Und so viel steht fest, wenn Siska nicht hier mit mir an diesem Tisch essen soll, so esse ich mit ihr in der Küche.«

Paul war verblüfft über diesen raschen Beginn der Feindseligkeiten. Ein Hund, der seit einer Stunde heult, das nächtliche Glockenspiel, das jemandem, der Leibschmerzen hat und schlafen möchte, in die Ohren schrillt, ein Griffel, der auf einer Schiefertafel quietscht, hätten Paul weniger gereizt als der sinnlose, erbarmungslose Hass dieser wütigen, unvernünftigen Frau. Roosjes Zorn war eine Krankheit; ihre harten Worte waren das Anzeichen eines hemmungslosen Wutausbruches.

Er schellte. Johanna kam. »Legen Sie vier Gedecke auf«, sagte er.

Roosje bedankte sich nicht. Pauls Ruhe erbitterte sie. Siska kam zurück und setzte sich tief beschämt an den Tisch. Ihre Herrin hatte es ihr streng befohlen.

19

Roosje und ihr Anzug standen in schreiendem Gegensatz zu der frischen, jugendlichen und heiteren Einrichtung. Paul besaß eine Künstlerseele und hasste die hässlichen und gewöhnlichen Formen. Der Anblick boshafter Menschen, die immer grotesk oder lächerlich sind, tat ihm weh. Für seine Schwiegermutter hegte er ein Gemisch von Achtung und Hass, ein Gefühl, das sich bald in Zuneigung verkehrt hätte, wenn die Alte gewollt hätte. Er begriff, warum sie so heftig und zänkisch war, und warum sie wider Willen darunter litt.

Daher seine Geduld. Trotzdem aber fand er, dass sie ebenso gut anderswo hätte sein können als in dem weichen, reizenden Nest, das er sich für sein Glück und seine Liebe bereitet hatte. – Das Kristall, die Früchte und Blumen, die Nachbildungen der schönsten Antiken, Bronzen von Barye, Gemälde von Alfred Stevens, Philippe Rousseau, Clays, weite, träumerische, tiefe Seestücke von Artan, seltsame, kraftvolle Skizzen von Félicien Rops, auf denen sich Gestalten mit spöttischer Miene in stolzer, prächtiger Zeichnung drängten, ein guter Dillens, ein paar holländische Studien von Schampheleer, Landschaften in süßen, kräftigen oder sanften Farben, aber vornehm wie die Seele des wahren Künstlers – das alles blickte in seiner überaristokratischen und – wie die Kunst selbst – souveränen Verachtung, ja mit einer Art Übelkeit auf die Regenschirme, Schachteln und riesigen Krinolinen und auch auf Roosje und ihre Wut, ihre bittre Galle, ihre kleinen boshaften, wilden, eifersüchtigen und fast grotesken Augen.

Eifersüchtig? Sie war es sogar auf den Anzug ihrer Tochter. Einen Augenblick wünschte sie sich zurück an ihren Kassentisch im »Kaiserwappen«, zu ihren Töpfen, Tassen, Krügen und halben Litern, zu dem Kreise von blöden oder verschmitzten Bauern, in deren Mitte sie sich wohlgefühlt hatte, selbst nach ihrem kalten Hause, in dem sie Wirtin und Herrin gewesen. Hätte sie kein Ziel vor sich gehabt, sie hätte das Haus ihrer Tochter sofort verlassen. Auch zauderte sie noch, ob sie sich modern anziehen und Margarete um ihren Rat bitten, oder ob sie ihre kleinbürgerliche Tracht beibehalten sollte, um Paul besser zu ärgern, wenn er seine »vornehmen Besuche« empfing. Schließlich fasste sie diesen zweiten Entschluss, der ihr leichter fiel.

20

Aber weder der Doktor, noch die Sonne, noch die Blumen, noch das Kristall, noch die Kunstwerke fassten einen Hass auf Siska, die demütige Begleiterin, die liebevolle Sklavin. So klobig sie auch war, die Güte adelte ihr Gesicht.

Johanna trug die berühmte Suppe mit Brotschnitten auf, über die Roosje staunte; aber sie schlang sie mit Wut herunter. Siska schluckte sie mit gutmütiger Gefräßigkeit.

Johanna trug die Pasteten auf. Siska sah zu, wie der Doktor und Margarete sie anschnitten, und versuchte es ebenso zu machen. Bald aber vergaß sie, zu essen. Dicke Tränen fielen auf ihren Teller.

»Was hast du denn, Siska?«, fragte Margarete sanft.

Siska antwortete verlegen und feuerrot, während sie sich die Augen mit ihrer schwarzen Seidenschürze, der Sonntagsschürze, abwischte: »Fräulein, Frau, ich möchte Sie so gern wieder umarmen!«

»Komm, Siska, komm«, sagte Margarete und stand auf, um ihr entgegenzugehen.

Eine Minute lang lagen beide Frauen einander in den Armen. Der Schall ihrer Küsse erfüllte das Esszimmer wie ein Sturm überschwänglicher Freundschaft. Das machte Siska so kühn, dass sie ausrief: »Das ist viel besser als die Pasteten!« Dann trat sie auf Paul zu und zwinkerte ihm erst sehr freundschaftlich, dann sehr boshaft zu, um ihm anzukünden, dass sie ihm, Roosje zuliebe, etwas antun wollte. Hierauf presste sie Daumen und Zeigefinger heftig zusammen, drehte sich, mit den Augen zwinkernd, zu Roosje um und kniff Paul bis aufs Blut. Dazu sagte sie halb zärtlich, halb grimmig: »Sie, Sie sind ... ich sage nicht, was Sie sind, Nein.« Sie hoffte, Roosje würde verstehen, dass sie »Taugenichts« meinte. Dann kniff sie Paul nochmals bis aufs Blut und setzte sich siegesgewiss.

Paul verstand und rieb sich schweigend den Arm.

»Er hat zwei blaue Flecken«, flüsterte Siska Roosje ins Ohr.

Diese lachte höhnisch und hocherfreut, dass Siska ihren Feind so behandelt hatte. Sie verschlang mit Genugtuung die Pasteten wie Karabitjes und gab ihrer Sklavin unter dem Tisch einen boshaften, dankbaren Fußtritt.

»Hehe!« machte sie und streckte die Hand nach der Schüssel aus, auf der noch zwei dieser Leckerbissen lagen. Aber Paul war der Meinung, dass die Dienstboten im Lande Brabant stets ihren Teil vom Essen der Herrschaft haben müssen, und winkte, die Pasteten abzunehmen.

Roosje schien es nicht zu merken. In Erwartung des ersten Ganges ließ sie ihre Augen umherschweifen. Sie betrachtete den bescheidnen Wohlstand, der die Tapeten schmückte, riss scheinbar die Augen vor dem Kristall auf, tat, als verginge sie vor den Bronzen und höbe die Arme gen Himmel vor den alten Eichenholzmöbeln. Dann setzte sie sich ihre Brille auf, um die Güte des Tischzeugs zu prüfen. »Hm!«, sagte sie, »hier geht es ja hoch her! Die Medizin nährt ihren Mann. Ob man die Kranken kuriert oder nicht, der Arzt kriegt sein Geld allemal.«

Margarete antwortete: »Es gibt solche, die die Leute umsonst auferwecken und zehntausend Franken ausschlagen, die sie hätten bekommen können.«

Roosje erwiderte nichts und sagte Siska ins Ohr: »Sie ist nun auch gegen mich, aber warte, sie werden schon sehen, was ich fertig kriege.«

»Was sagst du da, Mama?«, fragte Margarete gereizt, weil sie sah, dass Roosjes tückische Angriffe ihren Gatten nervös machten.

Nun kam ein herrlich duftender Schmorbraten nebst gelben, mehligen, dampfenden Kartoffeln.

»Ich sagte,« entgegnete Roosje, »wenn man so gut isst, dann ist es kein Wunder, wenn man so dick wird wie du.«

»Mama«, sagte Margarete errötend, »iss lieber ...«

»Wer sagt dir, dass ich nicht essen will?« gab Roosje heraus. »Ich weiß einen, dem ich zu viel Freude machen würde, wenn ich nicht äße. Ich habe Appetit, wunderbaren Appetit für eine Frau in meinen Jahren, die nie einen Arzt noch Medizin gebraucht hat.«

»Nehmen Sie Schmorbraten?«, fragte Paul, ihr die Schüssel reichend.

Roosje nahm sich, zerschnitt ihr Fleisch mit großem Unwillen und rief: »Magenbeschwerden!«, obwohl niemand etwas davon gesagt hatte. »Magenbeschwerden, das mag bei den Laffen von Großstädtern stimmen, deren Magen so groß ist wie ein Schnapsglas. Meiner, so alt er ist, fasst fünf Liter.«

»Hier sind Kartoffeln«, sagte Paul.

»Ich nehme mir schon, Herr Schwiegersohn.«

Sie nahm sich die Besten heraus, reichte Siska die Schüssel und flüsterte ihr zu: »Nimm wie ich die besten, die anderen sind für die da gut genug!«

Aber Siska, deren Blicke an Margarete hingen, nahm sich nur ein kleines Stück Fleisch und eine Kartoffel.

»Willst du dich zieren?«, sagte Roosje und packte ihr eine doppelte Portion auf den Teller. Siska aß sie gehorsam auf.

Dann sagte sie Siska ins Ohr: »Ich werde ihnen das Essen verekeln. Warte mal.«

»Hehe«, sagte sie ganz laut, während sie sich Fleisch nahm und einen ganzen Haufen auf Siskas Teller tat, »hehe! Etwas fett sind die Karbonaden, etwas fett. Ist es wahr, Herr Schwiegersohn, dass man im Sankt-Peters-Spital in Brüssel den Gehenkten, die man abgenommen hat, den Bauch aufschlitzt wie den Schweinen, um das Fett herauszunehmen, und dass dies Fett an die Hexen verkauft wird, die es um ein Uhr nachts beim Portier holen, einem bleichen, fetten Kerl, einem rechten Spitalsbraten, der immer wütend ist, wenn er nicht schläft?«

»Mama, Mama!«, rief Margarete, »schweige doch bitte. Es ist ja, als ob du mir Würmer in den Teller wirfst!«

»Du ekelst dich wohl?«, sagte Roosje. »Die Ärzte verkaufen das Zeug für achtzig Franken die Unze, und man ist noch nicht mal sicher, ob es wirklich Fett von Gehenkten ist. Da kann man sich nicht wundern, dass die Ärzte von Sankt Peter ihr Glück machen und wie die Könige leben.«

»In Belgien wird nicht mehr gehenkt«, antwortete Paul. »Man schlägt den Verbrechern jetzt den Kopf ab, aber auch das kommt bald aus der Mode.«

»Dann«, sagte Roosje, »lässt man die Gehenkten aus England kommen.«

Paul musste wie toll lachen.

»Warum lachen Sie?«, fragte die Alte empört.

Er hielt sich umsonst das Taschentuch vor, er lachte sich schief. Wenn er sie ansah, um sich wieder zu fassen, lachte er noch mehr, so grotesk und fratzenhaft kam sie ihm vor. Dies tolle Lachen ergriff auch Margarete und Siska. Es dauerte ziemlich lange, zu lange für Roosjes überreizte Eigenliebe. Sie sprang außer sich auf, wild wie eine Tigerin, und drohte Paul mit der geballten Faust.

»Das ist nichtswürdig, Herr Schwiegersohn, sich derart über eine alte Frau lustig zu machen. Sie brauchen nicht so stolz zu sein, weil Sie in der Schule waren, und schlichte Leute, die etwas Spaß machen wollen, zum Narren zu halten, de zot houden, wie man in Brabant sagt.«

»Du bist hässlich!«, sagte Margarete zu Paul, der sich beruhigte, als er ihre Mutter so wütend sah.

Paul wurde wieder ernst.

»Ja, du bist hässlich!« wiederholte Margarete, um Roosje eine Freude zu machen.

»Nicht wahr, er ist hässlich,« wiederholte Roosje und brach in Zornestränen aus. »Er vergisst, dass ich deine Mutter bin – du darfst das nicht dulden!«

Margarete lief zu ihr, liebkoste sie, ließ sie aufstehen, nahm sie auf die Kniee und weinte heiße Tränen, weil sie ihre Mutter betrübt sah. Während sie ihrem Gatten den Rücken drehte, lachte Roosje, die ihm ins Gesicht sehen konnte, höhnisch und zerhackte mit dem Messer ein Stück Brot, das auf ihrem Teller lag. Und ihre kleinen spitzen Zähne blitzten zwischen ihren Lippen wie die eines hungrigen, tückischen Hais.

Margarete merkte bald, dass Roosje sich beruhigte, und setzte sich wieder an ihren Platz. Dann kamen Rebhühner. Das Wild, mit gerösteten Brotschnitten garniert, war für Roosje ein Anlass zu wilder Aufregung.

»Es ist nichtswürdig«, sagte sie, »ja, nichtswürdig, Rebhühner zu essen, wo sie so teuer sind.«

Umsonst versuchte Margarete ihr klarzumachen, dass ein Schmuggler, ein großer Jäger, den Paul vom Hüftweh geheilt hatte, ihm ein halbes Dutzend geschenkt hätte.

»Sie sind also gestohlen«, sagte Roosje. »Gestohlenes Gut tut nicht gut. Den Schmuggler möcht' ich übrigens sehen, der sich den Spaß macht, halbe Dutzende von Rebhühnern zu verschenken, wo das Stück bis vier Franken fünfzig und fünf Franken kostet. Das ist alles gelogen. Klappen zyn geen oorden. Schnurren sind keine Heller, wie man bei euch in Brabant sagt. Und wären sie euch auch geschenkt worden, was nicht wahr ist, dann hättet ihr sie auf den Markt schicken sollen durch die kleine Dirne, der ich vorhin eine Ohrfeige gab, und die sicher auch ihr Teil an den Rebhühnern zu fünf Franken haben will. Ich werde es nicht so machen.«

Der Doktor nahm Roosje beim Wort und zerlegte kaltblütig die Rebhühner. Dies geschehen, beachtete er die Alte so wenig, als hätte sie auf der Spitze einer der Pyramiden gesessen, die nach Napoleons Wort nur darum seit vierzig Jahrhunderten dastanden, um seine Soldaten anzusehen. Als er sie zerteilt hatte, legte er die besten Stücke Margarete und Siska vor, und Roosje sah verblüfft, dass ihr Teller leer blieb.

In diesem Augenblicke verschwand ihr Zorn. Sie versuchte zu lächeln, wie um zu zeigen, dass sie auf den Scherz einginge. Sie wollte reden, aber in ihrer Verblüfftheit brachte sie kein Wort über die Lippen. Die Rebhühner verbreiteten einen köstlichen Duft. Sie nahm ihr Messer und beschrieb mit der Klinge Kreise auf ihrem leeren Teller. Das war ein erster Ruf an ihren Feind, ein Gnadenschrei auf dem Kampfplatz. Sie wollte edel und groß sein, dachte sie, und mit großem Zornesaufgebot vom Tisch aufstehen. Aber die verdammten Rebhühner reizten ihren Gaumen. Wie sollte sie dieser Versuchung widerstehen? Sie verlangte Brotschnitten. Paul legte ihr eine einzige vor. Die Sauce, mit der sie durchtränkt war, ließ ihr das Wasser im Munde zusammenlaufen. Sie verlangte Apfelmus, aß es und flüsterte Siska zu: »Gib mir deinen Teller und sage, du hättest keinen Hunger mehr.«

Siska aß zerstreut und hungrig und hörte nichts. Bald war nichts mehr auf ihrem Teller.

Nun glaubte Roosje einen Kniff gefunden zu haben, um ihre Würde zu wahren.

»Wie schmecken die Rebhühner denn?«, fragte sie Margarete.

»Willst du welche, Mama?«

»Ja, zum Versuchen, aber ich bin sicher, sie schmecken nicht.«

Paul legte Roosje eine starke Portion vor. Sie aß sie völlig auf und errötete vor Scham und Behagen. Als sie fertig war, sagte sie: »Das ist nicht so viel wert, nichts als Sehnen und Fasern!«

Paul schwieg. Margarete wurde traurig.

Siska wusste wohl, dass Roosje unrecht tat, aber Roosje war ihre Herrin. Siska fand es hässlich von Paul, dass er nichts sagte; das hätte Roosje so viel Freude gemacht, selbst wenn es ein scharfes Wort war. Aber Siska fand auch, dass Paul recht hätte zu schweigen, und blickte mit ihren dicken, guten, flehenden Augen abwechselnd auf die beiden Feinde, wie um sie zu bitten, ihre Feindschaft zu begraben. Unwillkürlich musste sie weinen, als sie Margarete, das Pflegekind ihres guten Herzens, ihren Liebling, traurig werden sah.

Das Huhn und der Salat wurde aufgetragen.

Plötzlich wandte sich Siska zu Roosje, fasste einen großen Entschluss und sagte ernst mit ihrer gutmütigen Stimme: »Frau, was ich Ihnen sagen werde, muss ich Ihnen sagen. Ich weiß nicht, ob Sie Essig getrunken oder Wermut gegessen haben, aber Sie sind nicht gut und bringen Fräulein Grietje zum Weinen.«

»Schweig, Siska«, sagte Margarete.

»Nein, ich schweige nicht. Was ich sage, ist recht, und jeder kann sagen, was recht ist. Wenn man Leute sieht, wie Sie,« sagte sie zu Paul, »die alles tun, was sie können, um jemand gut zu bewirten – ich rede nicht von mir, ich gehöre in die Küche –, wenn man sieht, dass diesem Jemand gute Fleischgerichte und feine Pasteten vorgesetzt werden« (Siska konnte die Pasteten nicht vergessen), »dazu guter Wein; wenn man das alles isst und trinkt,« sagte sie, zu Roosje gewandt, »und mit Undankbarkeit zahlt, so sage ich, das ist unrecht. Das Huhn da ist fett und fleischig und hat gewiss viel Geld gekostet. Nun, wenn das Huhn für Sie auf den Tisch gestellt wird, dann will man Ihnen eine Freude machen. Ich sage weiter nichts: Wenn man Ihnen eine Freude machen will, so dürfen Sie es nicht mit Undank vergelten. Jetzt bitte ich Herrn Paul, Frau Margarete und Frau Roosje, sich die Hände zu geben und zu sagen, dass sie es nicht mehr tun werden.«

Man gab sich die Hände, und der Friede ward angesichts des Huhnes geschlossen. Zudem traten andre Erwägungen in Roosjes Pläne. Sie ärgerte sich bereits, dass sie nicht genug Schlauheit und Heuchelei gezeigt hatte.

Paul und Margarete drückten also Roosje herzlich die Hand und gelobten, sie würden es nicht mehr tun, aber sie wussten nicht, welches Verbrechen sie Siska zuliebe nicht mehr begehen sollten.

So endeten die denkwürdigsten Zwischenfälle dieser Mahlzeit, die nebst einer Anzahl von andren in Pauls Hause berühmt wurde.

21

Roosje ging hinauf, um sich hinzulegen. Siskas Zimmer lag neben dem ihren. Sie war es zufrieden, ließ es sich aber nicht anmerken.

Sie rief Siska, um mit ihr zu plaudern, während sie sich für die Nacht zurechtmachte.

Eine Minute lang versuchte sie umsonst, das gute Mädchen wachzuhalten. Siska konnte ihrer Herrin beim besten Willen nicht länger zuhören. Zum ersten Mal seit ihrem Hochzeitsschmaus hatte sie viel Wein getrunken. Der Schlaf überkam sie. Feuerrot und mit blinzelnden Augen hielt sie sich nur mit dem ganzen Aufgebot ihres Willens vor Roosje aufrecht, neigte den wackelnden Kopf, richtete ihn hoch, seufzte, stieß auf und schwankte auf den Stützen ihrer dicken Beine, als wären sie plötzlich aus Gummi gewesen. Von Zeit zu Zeit versuchte sie, Mund und Augen zu öffnen. Vergebliche Anstrengungen! Statt jeder Antwort murmelte sie mechanisch ja und nein, was Roosje auch zu ihr sagen mochte. Sie war völlig verstört und drohte hintenüber zu fallen, je mehr sie sich an den Möbeln festhielt. So bat sie mit Beinen, Leib, Händen, Armen, Gesicht und Rücken um Gnade, und das mit so komischem, kläglichem und weinerlichem Ausdruck, dass Roosje verächtlich lächeln musste und sagte: »Geh schlafen, du hast zu viel Wein in deinem leeren Schädel!«

Das begriff Siska. Sie hätte gern auf diese Schmähung geantwortet und machte ein paar vergebliche Versuche, sich mit Gebärden und Worten zu rechtfertigen. Dann entschloss sie sich, in ihr Zimmer zu gehen, zog sich aus, legte sich zu Bett und bekreuzte sich mechanisch, ehe sie einschlief.

Roosje sagte sich erbost, dass sie Siska auch mit einer Artilleriesalve von acht Geschützen nicht aus dem Schlafe erwecken könnte. Sie beschloss daher, sie bei gelegenerer Zeit über die Vorgänge und Worte zur Rede zu stellen, die sie bei Tische verletzt hatten, besonders über die, welche ihre Entrüstung jetzt auf die Spitze trieben.

Paul und Margarete schliefen in dem Zimmer unter Roosje. Sie hörten sie hin und her gehen, sahen aber nicht, wie sie den Wert der drei Matratzen abschätzte, die ihr Bett füllten, damit es weicher wäre, noch den Wert des Federbodens, der diese drei Matratzen trug, noch den des Auftritts vor dem Bett, noch den des feinen, schneeweißen Leinenzeugs, das noch einen frischen Wiesenduft bewahrte. Sie sahen nicht, wie sie sich über den Preis des wohlriechenden Stückes Seife in ihrem Seifennapf aufregte, wie sie den Schildpattkamm und alle Bürsten und Toilettengegenstände prüfte, wie sie mit wütiger Neugier ein englisches Handtuch, das unter den andern war, hin und her drehte, wie sie sich ärgerte, eine Karaffe spanischen Weins neben einem Wasserglas zu sehen, wie sie die Flasche mit heimlicher Befriedigung austrank, als ob jemand sie hätte beobachten können, kurz, wie sie für das Standbild des Hasses Modell stand und Gründe zu Groll und Entrüstung aus den zahlreichen Beweisen zarter Aufmerksamkeit sog, die ihre Tochter und ihr Schwiegersohn an sie verschwendet hatten.

Paul und Margarete hörten sie lange hin und her gehen. Endlich schliefen sie ein. Sie wussten nicht, dass

Roosje bis um drei Uhr morgens aufblieb und bald sitzend, bald auf und ab gehend, darüber nachgrübelte, wie sie sich für die ihr erwiesenen Aufmerksamkeiten und die Freude, die man ihr hatte bereiten wollen, rächen sollte.

Gegen fünf Uhr, im Morgengrauen, als Roosje schlief, glaubte sie zu träumen, dass Margarete, ganz weiß gekleidet, auf den Fußspitzen in ihr Schlafzimmer trat. Sie kam nachzusehen, ob sie ruhig schliefe, legte einen Strauß Sommer- und Herbstrosen auf ihre Steppdecke und verknüpfte so mit gemeinsamem Bande die kühleren, blasseren Blumen der Nebelmonate mit jenen, die bald aufhören sollten, sich den Küssen der Sonne zu öffnen. Um acht Uhr morgens fand Roosje den Strauß auf ihrer Steppdecke. Sie erwachte, ohne zu wissen, wie spät es war, und rief Siska, die aus dem Nebenzimmer kam und ihr beim Anziehen half.

»Gehen wir jetzt hinunter«, sagte sie.

Von Siska gefolgt, trat sie stolz und grollend in das Esszimmer, mit dem festen Vorsatz, ihrer Tochter eine Szene zu machen, weil sie gewagt hatte, des Nachts ohne ihre Erlaubnis in ihr Schlafzimmer zu kommen.

22

Paul war nicht da, auch Margarete nicht. Roosje schellte. Das Mädchen erschien mit einem großen Präsentierteller mit vergoldeten Rändern, auf dem duftender Kaffee, Gebäck, Buttersemmeln, Spiegeleier und eine Flasche Wasser standen. Das Wasser war so kalt, dass die Flasche ganz beschlagen war.

»Wo ist der Herr? Wo ist die Frau?« fragte Roosje. »Schlafen sie noch, die Faulpelze? Warum kommen sie nicht zum Frühstück? Warum leisten sie mir nicht Gesellschaft? Reizend, gleich am ersten Tage! – Was ist das alles? Weißbrot, Semmeln, Eier? Sie haben in Ukkel wohl eine Goldgrube gefunden? Wo sind sie?«

Inzwischen beschnupperte Siska dies Frühstück, das sie höchst lecker fand, mit gierig geblähten Nasenflügeln und suchte Roosje mit flehentlichen Gebärden zu beruhigen.

»So antworte mir doch, kleine Pute,« wiederholte Roosje.

»Frau«, sagte das Mädchen, »ich bin sowenig eine Pute wie Sie. Wäre ich es, so wäre ich immer noch besser, denn ich wäre nicht so zäh. Der Herr und die Frau sind seit fünf Uhr ausgegangen, sie haben mich beauftragt, Ihnen zu sagen, Sie möchten mit dem Frühstück nicht auf sie warten. Sie werden bald heimkommen. Das Frühstück ist aufgetragen; und wenn's gefällig ist ...« Das Mädchen schob ihr einen Stuhl hin.

»Ich will nichts, weder dich, noch deinen Stuhl, noch das Übrige. Trag' alles wieder fort und sage mir, wo sie sind.«

»Der Herr und die Frau geben mir keine Rechenschaft. Wenn Sie das Frühstück nicht wollen, trag' ich es wieder in die Küche.«

»Nun, Siska«, sagte Roosje, sich zu dem dicken Mädchen wendend, »was sagst du dazu? Da sind sie schon auf der Straße, die Nichtstuer! Anstatt in seinem Zimmer zu studieren, wie zwei große Männer, die ich kenne, treibt er sich herum. Ja, statt zu Hause zu bleiben und zu arbeiten, wie die ehrbaren Herren Krummjahn und »Also weil«-La Forêt, anstatt zu denken, zu grübeln und Gott um die Heilung der Kranken zu bitten, treibt er sich herum. So ist er, dieser Nichtstuer, dieser Zon-Klopper, der sich in der Sonne herumtreibt! – Wann ist er fortgegangen, du schnippisches Ding?«

»Um fünf Uhr früh.«

»Meine Tochter läuft mit ihrem Mann herum?«

»Ja, Frau, sie besuchen manchmal zusammen die Kranken. Während des Besuches wartet sie im Salon oder auf der Straße.«

»Kranke?«, fragte Roosje. »Wenn man Kranke hat, wohnt man dann in Ukkel? Gibt es Kranke in Ukkel? Wer wird ihn hier aufsuchen?«

»Wer ihn braucht.«

»Gehen Sie hinaus.«

»Ich werde tun, was mir aufgetragen ist. Frau Margarete hat gesagt, sie käme erst um neun Uhr nach Hause, wenn Sie aber inzwischen frühstücken wollten ...«

»Ich frühstücke nicht.«

»Doch, Frau, ich bitte Sie«, sagte Siska. »Es ist acht Uhr früh, seit vier Uhr bin ich auf und habe Hunger. Riechen Sie nur, wie gut der Kaffee riecht. Frühstücken Sie doch, Frau.«

»Ach, du willst essen, du«, sagte Roosje. »Ich ersticke vor Zorn. Trag' das weg, sag ich dir.«

»Hören Sie, Frau«, sagte Siska, die eine Hand auf Roosjes Arm und die andre auf das Brett legend, »hören Sie mich an. Ich ersticke nicht vor Zorn, habe seit vier Uhr Hunger und will essen. Frau Margarete hat gesagt, wir sollen mit dem Frühstück nicht auf sie warten. Sie wissen, was Sie mir selbst gesagt haben. Außerdem bin ich nicht hergekommen, um zu verhungern. Wenn Sie finden, dass starker Kaffee, Eier und Weißbrot, ja sogar Semmeln, zu viel des Guten sind, so finde ich, dass es grade gut genug ist, mich das Spülwasser und das trockne Brot vergessen zu lassen, das ich so lange gegessen und getrunken habe, Sie wissen, wo. Ich will Ihnen aber noch was sagen. Wenn Ihnen die Leute was Gutes tun, dann behandeln Sie sie, als ob sie Ihnen was Böses täten. Das ist nicht recht. An ihrer Stelle täte ich Ihnen Böses, um von Ihnen Gutes zu erhalten.«

»Geben Sie mir das Brett«, sagte sie zu dem Dienstmädchen, und dies gehorchte gern, um Roosje zu ärgern.

Roosje setzte sich vor ihren Teller, stützte den Arm auf und lehnte das Kinn in die Hand. Dadurch schoben sich alle Falten und Runzeln ihres kleinen bösen Gesichts nach oben. Es war wie ein Bündel, aus dem nichts hervorsprang als eine dünne Nase und zwei Augäpfel, die wie Katzenaugen im Dunkeln glänzten.

Siska stellte das Brett auf den Tisch, goss Roosje Kaffee ein, schnitt ihr ein Stück Weißbrot ab, bestrich es mit Butter, legte ihr drei Eier auf einen Teller und schob ihn ihr hin. Dann kümmerte sie sich nicht weiter um ihre Herrin, bediente sich selbst, aß das halbe Brot und fast alle Eier auf und trank die Kaffeekanne leer.

Sie sah nicht, wie Roosje angesichts dieses wunderbaren Appetits heimlich das wenige verschwinden ließ, was Siska ihr gelassen hatte. Brot, Eier, Weißbrot, Semmeln, Kaffee, alles verschwand. Roosjes Wünsche gingen in Erfüllung. In Erwartung eines Besseren gab sie die Lebensmittel ihres Schwiegersohns der Plünderung preis.

23

Roosje verachtete Paul tief. Seine Ruhe, sein Sanftmut erschienen ihr als Zeichen von Schwäche. Sie ahnte die wirkliche Kraft nicht, die sich unter diesem friedlichen, fast empfindsamen Wesen verbarg. Da er kein Pedant war, so war er in ihren Augen nicht einmal gelehrt. Sie kannte andere Kerle als diesen »Betteldoktor« unter den Stammgästen des »Kaiserwappens«.

Da war zunächst ein alter Schulmeister, ein Mann von gewisser Einbildungskraft, unzureichendem Verstand und falschem Urteil. Roosje verstand nichts davon und hielt ihn für einen großen Mann. Dieser große Mann hatte viel gelesen und behandelte gern historische Fragen. Aufbau und Zusammenhang der Gedanken, genaue Wiedergabe von Tatsachen, Daten, Namen geschichtlicher Personen – das alles klopfte umsonst an seinen Hirnkasten. Eintritt verboten. Etwas Namenloses hielt die Wacht davor.

Der andre Gegenstand von Roosjes glühender Bewunderung war ein Dichterling, der seit fünfundvierzig Jahren (er war sechzig alt) die Apokalypse in französische Verse zu bringen suchte. Gelehrte Erklärungen sollten sich in Fußnoten ausbreiten, um die Wahrscheinlichkeit und Wirklichkeit der in der Dichtung verkündeten Tatsachen zu erläutern. Er hatte schon zahllose Blätter bekritzelt. Übrigens konnte er weder Griechisch noch Lateinisch, das er verkehrt las, noch Hebräisch, das er von links nach rechts las. Trotzdem zitierte er seine Lieblingsdichtung bei jeder Gelegenheit, und von der Höhe der »zwölf Tore, die zwölf Perlen waren« und der »Stadt, die keiner Sonne noch des Mondes bedarf, dass sie ihr scheinen«, und in die man »die Herrlichkeit und die Ehre der Heiden bringen wird«, beurteilte er die transzendentalen Fragen der Geschichte und der Politik, ja sogar die Volkswirtschaft und die Frage der Kinderarbeit in den Fabriken.

Diese zwei »berühmten« Gelehrten hatten stets Roosjes Bewunderung erregt. Wenn der Schulmeister Krummjahn – so genannt wegen seines krummen rechten Beines – seinen »Kapper« Genever bei ihr trank und dazu redete, war es Roosje, als sähe sie Bücher in dichten Reihen aus seinem Mund quellen.

Bisweilen kam auch der Dichter La Forêt mit dem Beinamen »Also weil«, da er stets mit dieser Wendung begann, um eine seiner Schlussfolgerungen auf die Apokalypse zu stützen, die er stets unterm Arm trug, mit wirren Haaren ins »Kaiserwappen« und bestellte mit verhaltener Begeisterung seinen »Kapper«. Die störrische weiße Locke, die auf seiner Stirn wallte und sich beim Kerzenlicht mit gelblichem Widerschein färbte, gemahnte Roosje in ihrem katholischen Empfinden an den heiligen Johannes selbst, der eine der feurigen Zungen, die sich auf die Häupter der Apostel herabgesenkt hatten, als Stirnschmuck trug.

Weder »Also weil« noch Krummjahn lachten je, und ihr feierliches Benehmen flößte Roosje Respekt ein.

Eines Abends war sie bei einer sehr fesselnden Zwiesprache zugegen, bei der Krummjahn und »Also weil«-La Forêt nicht der gleichen Meinung waren. Es handelte sich um die vier apokalyptischen Tiere, deren eines den sieben Engeln sieben Schalen voll Gottes Zorn reicht, so wie um andre Dinge, die nach »Also weils« Ansicht sich auf Belgien bezogen und die Plagen bedeuteten, die auf das Land im Allgemeinen und Gent im Besonderen herabregnen sollten.

Krummjahn behauptete, Gottes Zorn sei kein Ding, das sich wie Gerstenbier oder Uitzet in Flaschen und Fässer füllen oder aus goldnen Schalen und Maßkrügen trinken lasse. Da prügelte der zornmütige »Also weil« ihn weidlich durch und überzeugte ihn durch eine Reihe heftiger Faustschläge und andrer Püffe, dass er unrecht hätte, die Logik und die Weissagungen der Apokalypse anzuzweifeln.

Krummjahn ging früh zu Bett und rieb sich seine Schwielen. »Also weil« aber, der ihm das Leid angetan hatte, behandelte ihn fortan mit geheimer, ingrimmiger Verachtung und betrachtete ihn als ungebildeten Menschen, der zu plump war, um sich je zu höheren Sphären aufzuschwingen.

Roosje hegte für beide eine große Verehrung. Das Volk hat ja immer Ehrfurcht vor den Pedanten, und Frau Servaes, verwitwete van Steelandt, gehörte trotz ihres adligen Namens zum Volke. Vor diesen Leuchten der Wissenschaft erblich das bescheidene Wissen des Doktors wie ein Nachtlicht vor zwei Sonnen.

24

Paul und Margarete gingen durch Stadt und Land, über Berg und Tal, auf Straßen und Gassen und suchten aus den Bildern des Lebens eine Lehre zu ziehen, die später ihrem Sohne zugutekommen sollte; denn dass es ein Sohn sein würde, spürte Margarete, da sie sich so wenig leidend fühlte.

Einmal waren sie in der Minoritenstraße. Am Platz vor dem Brunnen lag ein Haufen Salatblätter, Pflaumenkerne, Lumpen in allen Farben und Kehricht aus den Häusern der Nachbarschaft. Drei arme alte Hunde liefen schweigend darauf zu, durchstöberten ihn, fanden nichts darin und schlichen betrübt fort, wie sie gekommen waren. Sie hatten ohne große Hoffnung etwas Nahrung gesucht, und als sie nichts fanden, waren sie gar nicht enttäuscht, denn sie waren an Enttäuschung gewöhnt. Paul und Margarete folgten ihnen.

Nichts war so traurig und zugleich so mutig wie das Gesicht dieser drei armen Tiere. Sie waren hochbeinig und hager; ihr schäbiges Fell verriet, dass sie Muscheln oder Sand hatten ziehen müssen, wenig oder gar kein Futter bekommen hatten und als schwächlich oder krank weggejagt waren. Der dritte war kleiner und älter und trug um den Hals noch einen Strick, der in eine Schleife auslief. Die Schleife war zweifellos an einem Stein befestigt gewesen, von dem das Tier sich auf dem Grunde eines Teiches befreit hatte. Es schien bisher als Rentner gelebt zu haben, denn sein Fell war nicht schäbig. Sein Gang war weniger entschlossen als der seiner Gefährten.

Sie kamen zu dritt an einen andern Haufen und fanden da ein paar alte Häute und Fischgräten. Die letzteren waren bald verschwunden. Dann machten sie sich hastig an die Häute und hielten ihr mageres Mahl. Über die Häute gebeugt, zerrten sie mit ihren schwachen Kräften daran und blickten sich scheu nach rechts und nach links um wie Diebe, die ertappt zu werden fürchten. Sie waren so wenig gewöhnt, zu essen, dass sie vielleicht glaubten, ihre Nahrung zu stehlen.

Ein armes Weib, im Arm ihren Lumpenkorb, kam aus der Krankenstraße und bog in die Minoritenstraße ein. Sie lief auf den Haufen zu und stöberte darin. Die drei Hunde ließen sich nicht stören. Sie hatten mit ihren Lumpen nichts zu schaffen. Erst wollte sie sie wegjagen, da knurrten sie. Nun bekam sie Angst und gab sich mit ihrem Platze zufrieden.

Das Gesicht der Frau hatte den gleichen Ausdruck wie das der Hunde. Außer dem stark verdunkelten Abglanz höheren Geistes, der stets auf der Menschenstirn leuchtet, war sie wie die drei Tiere traurig, von gewohnheitsmäßiger Traurigkeit, und verschüchtert durch die gewohnte schlechte Behandlung und allgemeine Verachtung. Auch sie glaubte etwas Böses zu tun, indem sie ein paar Lumpen von einem Kehrichthaufen auflas.

Plötzlich trat aus einem Privathaus ein dicker Herr, ein vergnügter Mann, der offenbar gut gespeist hatte und nun seine Geliebte besuchen wollte. Ihm folgte ein prächtiger weißer Neufundländer mit glattem, wohlgewaschenem Fell. Er ging wie sein Herr mit dem festen Schritt wohlgenährter Wesen. Kaum hatte er die drei Köter erblickt, als er wild und toll auf sie losschoss. Ängstlich, mit eingeklemmtem Schwanz, hielten die drei armen Köter ihr Stück Haut mit der Pfote fest und rührten sich nicht. Sie schienen den reichen, wohlgenährten Hund mit dem weißen Fell anzuflehen, ihnen ihren ärmlichen Raub zu lassen.

Der Neufundländer ging verächtlich um sie herum und beschimpfte sie in ihrer Sprache. Sie verstanden ihn und knurrten. Und er verstand, dass sie böse waren, und knurrte gleichfalls. Sein Herr sprach gegenüber der Minoritenkirche mit einer Dame. Der Neufundländer schien zu zaudern, auf welchen der drei er sich stürzen sollte. Aber der eine ließ ihm keine Zeit zur Entscheidung, und zwar der kleinste, der früher so wohlgenährt gewesen war wie der Angreifer. Er sprang ihm an die Kehle. Mit einem einzigen Ruck warf dieser den Armen mit zerfetzten Ohren und blutendem Maul auf den Kehrichthaufen. Die zwei andern wollten auf ihn losstürzen, aber der Herr pfiff seinem siegreichen Hunde und der wandte sich mit hochgetragenem Schweif und gespannten Muskeln von seinem schwachen Gegner ab, der schreiend entfloh, nach zehn Schritten stehen blieb und von da den Sieger in seiner Sprache beschimpfte.

Auf den Lärm kam ein Polizist angelaufen.

»Was machst du da, du Aas?«, fragte er das Weib. »Ich stecke dich ins Loch, wenn ich dich nochmals dabei fasse, wie du Lumpen aus diesem Haufen aufliest!«

Die Ärmste gab keine Antwort, warf dem Polizisten einen hasserfüllten, doch ängstlichen Blick zu und ging langsam fort, wie ein Wesen, das an jeden Schimpf und jede Kränkung gewöhnt ist.

Margarete traten die Tränen in die Augen.

»Du weinst?«, sagte Paul.

»Ach«, sagte sie, »arme Frau, arme Hunde! Gib mir dein Geld, alles, was du hast!«

»Ich behalte etwas, um Leber für die Hunde zu kaufen,« entgegnete Paul.

Margarete lief der Frau nach und schüttete ihr den Inhalt seiner Börse in die Hände. Dann kehrte sie zu ihrem Gatten zurück, der sich umsah.

»Nirgends ein Metzger«, sagte er. »Aber da ist wenigstens ein Bäcker.«

Er ging hinein und kaufte Brot. Die drei Hunde waren zu dem Haufen zurückgekehrt. Paul gab ihnen Brot und sprach freundlich mit ihnen.

Dann ging er und gab Margarete den Arm. Sie sagte: »Sie laufen uns nach. Aber warum presst du so die Lippen zusammen? Bist du böse?«

»Ich habe ein seltsames Gefühl. Frau, wenn wir je einen Sohn haben, wie ich hoffe, wollen wir ihn alles lehren, was wir wissen; alles, was wir zusammen gesehen haben. Machen wir ihn zum wackeren, starken, mutigen Menschen. Er soll nützlich und lebenstüchtig werden. Wir wollen ihm die Welt zeigen, wie sie ist, die Welt, wo die List ihren Laden auftut und die Gewalt ihn verteidigt. Aber unser Sohn soll nie arm sein! Er soll nie aus dem Wohlstand in Not herabsinken, auch nicht vorübergehend. Denn sonst würde er sehen, wie viel Härte und Grausamkeit die Welt unter ihrem Honiglächeln verbirgt. Ach, ich wage es nicht auszudenken, Margarete! Er könnte von Natur schwächlich, verschwenderisch, leichtsinnig sein, könnte sich zugrunde richten, verarmen und untergehen. Arm sein heißt von jedermann und jederzeit ungestraft beschimpft, geschlagen, angegriffen, verunglimpft, geschmäht und verleumdet werden. Bleibt ihm etwas Stolz und er sucht Arbeit, ohne sich zu erniedrigen, so macht man ihm ein Verbrechen aus dieser notwendigen Tugend, die man seinen Dünkel nennen wird. Liebt er weiße Wäsche und saubere Kleider, so wird man von ihm sagen, er sollte lieber seinen Bäcker bezahlen, als so viel Geld für seine Wäscherin ausgeben. Die Idioten, die über ihn herfallen, begreifen ja nicht, was dieser letzte Schein von Wohlstand bedeutet, der ihn noch von Weitem mit der Welt der Glücklichen verknüpft, aus der er so tief herabgesunken ist. Lebt er als Künstler oder Gelehrter von trocknem Brot und Wasser, um sein Werk zu vollenden, so sagen sie, er sollte sich lieber anwerben lassen und eine Flinte auf die Schulter nehmen. Du kannst dir gar nicht vorstellen, wie dumm und roh die Welt sich meist in das Leben derer einmischt, die da leiden und nichts verlangen als Zeit, um sich aufzurichten. Sinken sie infolge von Mangel und unfruchtbaren Kämpfen zu Boden wie Löwen, die vor Erschöpfung sterben und nicht mehr beißen können, so kommen alle herbei und geben ihnen den Eselsfußtritt. Margarete, diese Hunde, dies arme Weib, dieser Polizist, dieser Neufundländer, dieser dicke Reiche – das ist das Leben, wie es jetzt ist und wohl immer sein wird. Alles für einige, nichts oder fast nichts für die andern! Aber lege dem Kinde keinen Hass ins Herz. Sage ihm, dass der Mensch, der sich groß dünkt, nicht mehr ist als das Tier, sobald man seinem Vorteil zu nahe tritt. Sage ihm, dass ein jeder Mühe hat, seine Nahrung zu finden, und dass jeder ein Anrecht darauf hat.«

»Mich friert bei deinen Worten, Geliebter.«

»Besser«, sagte Paul, »die Mutter friert, als dass der Sohn hungert.«

25

Infolge einer unerwartet ausgebliebenen beträchtlichen Zahlung fehlte es eines Tages im Hause des Doktors an Geld. Zu stolz, seine Patienten mit Rechnungen zu drängen, ließ er ihnen stets Zeit, ihm sein Honorar zu schicken.

Am nächsten Tage war sein Geburtstag. Er hatte schon eine Woche im Voraus viele Gäste zu »Schmaus und Gelage« eingeladen. Um acht Uhr kam Margarete in Roosjes Schlafzimmer. Die Alte hörte ihre Tochter an, dann legte sie die Hand auf die Türklinke und öffnete und schloss die Tür immerfort, wie um Margarete aus ihrem Zimmer zu treiben. Diese stand flehend vor ihr.

»Aber Mama«, sagte sie, »zweihundert Franken machen dir doch nichts aus. Wir brauchen grade soviel. Du hast doch mehr in deiner Schublade.«

»Nicht einen Groschen, nicht einen Heller! Was, zweihundert Franken für einen Tag! Ich habe ein halbes Jahr gearbeitet, um die Hälfte, ein Viertel zu verdienen! Zweihundert Franken ...!«

»Es ist sein Geburtstag, Mama. Der ist nur einmal im Jahre!« »Ja, einmal! Und alle Tage teure Früchte, Geflügel, Hühner! Und alle diese Möbel und diese Bilder, und euer Schloss und eure Dienstboten! Das alles kostet nichts, was?« Dann wies sie mit dem Finger auf das Bett und die Stühle aus Rosenholz und die Tapeten und betastete alles. »Und Kaschmirgardinen und Kaschmirsteppdecken« (sie waren aus Baumwolle) ... und ein Teppich unter meinen Füßen, schöner als der schönste, der je auf dem Spieltisch im »Kaiserwappen« lag, und goldene Leuchter und Spiegel und chinesisches Porzellan. Das ist ein Zimmer für eine Königin! ...«

»Mama, es ist dein Zimmer. Wir haben alles aus dem Hause zusammengeholt, um es recht schön zu machen.«

»Das ist mir einerlei! Nicht einen Franken, nicht einen Heller!«

»Mama, ich versichere dir, es sind keine fünf Franken im Hause.«

»Das geht mich nichts an.«

»Ich muss tausend Dinge bar bezahlen: Früchte, Gebäck, Eis.«

»Früchte, Gebäck, Eis!« Roosje geriet in wütenden Zorn. Bleich und mit geballten Fäusten ging sie auf ihre Tochter los. »Eis, was? Du Bettlerin! Eis! Und von mir verlangst du das Geld dafür, um es diesem Lumpenkerl in den Schnabel zu stecken, diesem Habenichts, diesem Verschwender und Schuldenmacher! Eis! Aber lieber drehte ich ihm mit meinen alten Fingern den Hals um!

Eis! Ha! Ja, so sind sie alle, diese schönen Herren. Eis! Geh nachsehen, ob dein Eis kommt! So was hat ein Schloss, Dienstboten, so was wirbelt Staub auf und bespritzt die Leute mit Dreck! Eis! Bezahlt er auch nur seinen Schneider? Er trägt jede Woche wenigstens einen neuen Anzug. Eis und Geld borgen! Da, schau« – und sie zupfte an den Falten ihres Puffärmels – »da, das ist Baumwolle zu dreißig Heller, Schweizer Baumwolle, aber ich habe keine Schulden! Bin ich jemals vor einem gekrochen wie ein Hund und habe ein verschämtes Gesicht gemacht, um mir Geld zu borgen?«

»Mama, uns ist man Geld schuldig. Wir haben wenigstens zwanzigtausend Franken Außenstände ...«

»Zwanzigtausend Franken! Hahaha!« rief Roosje und brach in boshaftes Gelächter aus.

Margarete hörte die Eifersucht auf ihren Gatten heraus, diese traurige, wilde, unwillkürliche Eifersucht, dies Feuer, das die Alte verzehrte. Das Lachen dauerte lange und endete mit einem fast sanften Lächeln. Margarete glaubte ihre Mutter bereits umgestimmt und fiel ihr um den Hals.

»Mama, arme Mama!«, sagte sie, indem sie sie umarmte und mit Küssen bedeckte.

»Willst du mich wohl lassen!«, rief Roosje, sich aufrichtend, »willst du ... Ich weiß, warum du mich umarmst: wegen meines Geldes. Du sollst aber mein Geld nicht erben! Ich werde mich in eine Lebensrente einkaufen, und so wird er es wenigstens nicht kriegen! Zwanzigtausend Franken Einnahme? Hahaha!«

»Mama, lach nicht so, sieh dir lieber meine Bücher an.«

»In die Bücher schreibt man, was man will.«

»Mama, allein Herr von C ..., der hier nebenan wohnt, der Baron, schuldet ihm siebzehnhundert Franken.«

Roosje platzte von Neuem heraus.

»Ah! Ah! Siebzehnhundert Franken! Und wofür? Hahaha! Dieser Lausekerl, der Besuch für einen Franken und siebzehnhundert Franken!«

»Aber Mama, für drei Entbindungen allein und für die Behandlung.«

»Siebzehnhundert Franken? Haha! Er hat die Dame wohl von einer Kirche entbunden?«

»Ich bitte dich, Mama, lass mich nicht so in der Verlegenheit.«

»Nichts, keinen Heller. Du hast deine alte Mutter für einen Taugenichts, einen Verschwender verlassen, und nachher kommst du in seinem Namen, denn er hat dich beauftragt ...«

»Mutter, wofür hältst du ihn?«

»Ich halte ihn für das, was er ist, für einen liederlichen Menschen, der dich aufs Stroh bringen wird, dich und deine Kinder.«

»Aber Mama, die Gäste kommen, man wird uns für arm halten, wir werden in schlechten Ruf kommen. Paul wird seine Patienten verlieren. Komm, Mama, gute, böse Mama!«

Margarete ergriff ihre Hände und bedeckte sie mit Küssen. Roosje ließ es geschehen. Einen Augenblick war sie gerührt, ihre Züge entspannten sich, sie blickte ihre Tochter an, ihre Augen wurden ein wenig feucht, aber der unbeugsame Hass der armen Eifersüchtigen wachte über ihr Mutterherz. Sie lächelte wieder, aber mit scheußlichem Lächeln, und sagte mit grimmiger Ruhe: »Weißt du, was man tut, wenn man keine zweihundert Franken hat und viele Leute erwartet? Man geht zum Bauern, bestellt gutes Schwarzbrot, Rettiche und ein Viertelpfund Butter, da man ja ein Fest feiern will. Man gibt jedem Gast eine dicke Schnitte, eine Scheibe Rettich, Pfeffer und Salz und sagt zu ihnen: Heute ist das Fest mager; wir sind arm. Aber an dem Tage, wo wir zweihundert Franken haben, um sie zum Fenster hinaus und euch in den Rachen zu werfen, werden wir es euch sagen!«

»Mama, ich bitte dich!«

»Nichts, nichts, nichts, nichts!«

»Mama! ...«

»Willst du fünfzig Heller?«

In diesem Augenblick wurde an der Gittertür des Landhauses geklingelt. Kurz danach klopfte das Hausmädchen an Roosjes Zimmertür.

»Ist die gnädige Frau da?«, fragte sie beim Eintreten.

»Ja«, antwortete Margarete und trat hinter der Tür hervor.

»Der Diener des Herrn Barons ist da und bringt dies Päckchen für den Herrn oder die gnädige Frau.«

Margarete öffnete es zitternd. Es enthielt fünfzehn Hundertfranknoten der Bank von Frankreich und vier grüne Fünfzigfrankscheine der Belgischen Nationalbank.

»Ach Mama, wie bin ich zufrieden!«, sagte Margarete, indem sie die Quittung unterschrieb. »Du siehst wohl, ich habe nicht gelogen, Mama!« Sie sprang Roosje an den Hals und diese biss sich verdrießlich in die Lippen, aber beim Essen war sie gegen Paul fast ehrerbietig.

26

Paul und Margarete gingen sorglos durchs Leben und berauschten sich gegenseitig an ihrer Jugend und Schönheit. Sie liebten sich wie Kinder, suchten und flohen sich, liefen im Haus, im Garten, überall hintereinander her. Sie spielten. Wenn es schellte und Margarete in Abwesenheit des Mädchens öffnen wollte, ging Paul hinterher, und Roosje hörte hinter der Tür im Vorflur den Schall zweier kräftiger, fest sitzender Küsse.

Angesichts dieser schönen Liebe stand ihre eigene Vergangenheit wieder vor ihr auf. Auch sie hatte geliebt und war glücklich gewesen. Besonders erinnerte sie sich eines Tages, den sie mit ihrem Liebsten, der dann ihr Gatte wurde, auf dem Lande verbracht hatte.

Es war an einem Kirmestag. Sie gingen ins Freie hinaus und ließen den Festplatz, der an einem Teiche lag, das Gequietsch, das Bumbum und Trara der Geigen, Trommeln und Trompeten hinter sich. Lange schweiften sie allein durch die Natur, auf den Wegen durchs blühende Korn, unter dem weiten, unendlichen Himmel. Das Wetter war gewitterschwül und der Abend begann zu sinken, als sie auf den Festplatz zurückkamen.

Sie setzten sich auf eine der für Spaziergänger bestimmten Bänke und schauten verträumt, Hand in

Hand, auf das prächtige Bild, das die Teiche boten, aber es war ihnen nur ein Rahmen, der ihre Liebe umspannte. Das Becken des einen Teiches war höher als das des andern; ein Damm trennte beide. In dem unteren Teich bebten die Schilfbüschel unter dem Hauche des lauen Abendwindes. In dem oberen glänzte das tiefe Wasser hell auf. Beide waren von Ulmen und Pappeln eingefasst und in einigen Buchten der geschweiften Ufer von Weiden und Akazien umsäumt, aus denen das rote Dach eines Häuschens oder der anmutige Umriss einer kleinen Villa sich abhob. Der Himmel war stahlblau, die Sonne sank in violetten Wolken zum Horizont herab, hinter dem ihre Scheibe schon halb verschwand, und ein ungeheurer Strahlenfächer tat sich in der Unendlichkeit auf. In den Buden erglühten die Lichter, und ihr Widerschein in den Teichen glich langen, aufrecht stehenden feurigen Schlangen. Der Lärm der Blechmusik, der Trommeln, der Schellenbäume, das Geschrei der Seiltänzer, der Papageien und Adler, das Gebrüll der Löwen, das Heulen der Tiger in ihren Käfigen war betäubend. Die mit rotem Flitterstoff bezogenen Karussells drehten sich schwindelnd und feenhaft im Lichtschein. Männer, Frauen, Mädchen und Knaben lachten, pfiffen und sangen. Es war der seltsame Lärm der Menge, stets vom rohen Ton der aufgestachelten Leidenschaften übertönt.

Sie blieben allein auf ihrer Bank sitzen, in sich und in ihre Liebe versunken.

Leute aller Stände kamen an ihnen vorbei, unter anderem eine junge Frau mit zwei Kindern, die ihrem Manne den Arm gab. Zwei Dienstmädchen, richtige Dirnen, gingen rotglühend hinterdrein. Im Vorbeigehen verschlangen sie Roosjes Liebhaber mit den Blicken. Roosje litt schweigend und nicht ohne Stolz unter diesen bacchantischen Gelüsten. Dann kam eine Frau von fünfzig Jahren, lang, dürr und mager, die mit zu den anderen gehörte. Sie blickte Roosje mit einer Miene an, die verächtlich sein sollte, aber nur neidisch war, und sagte in bitterem Tone: »Das ist der Weg der Verliebten.« Roosjes Liebhaber hörte diese Worte nicht; sie wiederholte sie ihm. »Was geht uns das an?«, sagte er. »Die Frau ist eifersüchtig.«

»Hältst du denn alle Frauen für eifersüchtig?«

»Ja, und dich besonders.«

Das stimmte.

Sie standen auf und gingen sacht weiter, eine tiefere Einsamkeit suchend. Sie stützte sich gern auf seinen starken Arm, legte beide Hände hinein und fühlte mit der einen, wie seine Muskeln sich spannten. Im Gehen knipste er mit den Fingern und sagte plötzlich: »Ich brenne.«

»Wieso?«, sagte sie und tat, als verstände sie ihn nicht.

Er seufzte tief und antwortete: »Ja, und ich liebe dich.«

»Wem gilt dieser Seufzer?«, fragte sie.

»Dir!«

»Und andern?«

»O nein, du kennst mich nicht. Ein Frauenzimmer kann man für einen Augenblick lieben, wenn sie schön von Gestalt ist, und sie dann gleich wieder laufen lassen.« Er war Bildhauer. »Aber du, in dir ist mein Herz, mein ganzes Wesen. Oh, ich liebe dich!« Und er umarmte sie sanft und gab ihr jene innigen Küsse, die mehr als Sinnenliebe sind. »Ich liebe dich für deine Güte, deinen Mut.« Sie arbeitete wie ein Pferd und mehr als das, vierzehn Stunden täglich. »Ich liebe dich für dein gutes Herz, und du bist schön.«

Seine Stimme liebkoste sie, als hätte sie mit allen Poren den Wein der wahren Liebe eingesogen, die ganz Güte, ganz Zärtlichkeit, ganz Bewunderung ist. Auch sie »brannte« und ließ sich bewundern.

Sie betraten einen jener dunklen Pfade, den Liebende so gern aufsuchen und der sich in der Leere der nächtlichen Felder zu verlieren schien. Hinter ihnen drang der schrille Lärm aus den Buden, deren Besitzer ihr Möglichstes taten, um durch schreiende Farben die Augen der Zuschauer zu blenden und die Ohren durch den wilden Lärm der Trommeln und den schrillen Klang der Blechmusik zu zerreißen.

Sie aber waren in der Stille, in der Liebe, in der Nacht. Sie gingen langsam, eng aneinander geschmiegt, eine wonnige, süße Berührung.

»Nie«, sagte sie leicht bebend, »waren wir so weit weg im Dunkeln.«

»Ich bin bei dir, stark wie zehn und bewaffnet.«

Das war nicht wahr, sie wusste es, aber ihre Hand, die in seinem Arme lag, fühlte das Spiel seiner eisenharten Muskeln.

Neben ihnen im Teich, der wie eine beschlagene Silberscheibe dalag, spiegelten sich die schwarzen Umrisse der Bäume, das rote, mit Goldflittern besäte Tuch der Karussells, die Lichter, die im Spiel der Wellen zitterten, und der graublaue Himmel, an dem die blauen Sterne erglommen. Sie blieben stehen. Die Nacht hüllte sie in Schatten. Sie hatte Angst vor ihm.

»Gehen wir uns die Buden ansehen«, sagte sie.

»Ich mag die vielen Menschen nicht,« entgegnete er, »bleibe bei mir.«

Sie wollte nicht, fürchtete sich vor ihrer eigenen Angst und vor den Leuten, die vorübergehen konnten. Da spielte sie die Zornige und sagte mit weiblicher List:

»Du führst mich nie dahin, wo etwas zu sehen ist, ich bin immer ganz allein; führe mich zu den Buden!«

Sie kehrten zurück zu dem Jahrmarktsplatz, diesem wahren Hexensabbat von Seiltänzern, tosender Blechmusik, Lärm und Lichtern. Noch waren sie ziemlich weit ab und fast allein auf der schmalen Straße, die am Teich entlang führte. Sie senkte den Kopf und wurde traurig. Er bemerkte es bald.

»Wieder mal!«, sagte er mit sanftem Vorwurf. »Auch ich habe Kummer, aber vergesse ich ihn nicht bei dir? Mut, Rose.«

»Du bist ein Mann.«

»Das weiß ich. Aber da ich ein Mann bin und dich liebe, musst du mir gehorchen. Willst du wohl lachen, aber sofort? Nun?«

Sie lachte und sprang ihm an den Hals. Die Liebe bezwang sie.

Der Lärm und das Licht der Buden wurde deutlicher. Sie mischten sich unter die Menge. Sie wollte nach der vordersten Reihe. Er war fast sanft, wenn er allein war, aber wenn sie an seinem Arme hing, wurde er so heftig wie ein Hahn, der seine Hühner anführt. Die Menge machte ihnen Platz.

Es war eine herrliche Bude, vor der sie stehen blieben. Erst sahen sie Polichinell auftreten, in schwarzem Sammetkleid mit Flittern, die im Lampenlicht blitzten. Er ging auf den Absätzen, die Schuhspitzen in der Luft. Dann kam ein Mädchen, Mutter Gigogne, und kleine schwarzgekleidete Kerle mit rotem Gesicht, die um sie herum tanzten. Über irgendeine Anspielung lachte die Menge, besonders aber über die schmalen Hüften der kleinen Kerle und die Röte ihrer dicken Gesichter. Dann verschwanden sie in einem Wirbel. Nun lief Polichinell wieder über die Bühne, wie vorher auf den Absätzen und die Fußspitzen in der Luft, wieder tiefernst und in seinem flitterbesetzten Sammetkleid. Dann kam nochmals die Frau mit den kleinen Kerlen, schürzte sich die Röcke auf und verwandelte sich unter dem Beifall der Menge in einen Ballon – ein mechanisches Meisterwerk. Der Ballon erhob sich, von dem gleichen Wirbel getragen, zur Decke der Bühne. Die Menge klatschte abermals Beifall. Der Vorhang fiel und zeigte eine Landschaft von lauter schwarzen Backsteinhäusern, die sich von einem roten Rasen und einem schokoladenfarbenen Himmel abhoben.

Die Frösche und Kröten setzten ihre ernste, schwermütige Unterhaltung fort. Die Pappeln und Buchen spiegelten ihre dunklen Umrisse im stillen Wasser mit seinem metallischen Widerschein, und die Sterne, bleich wie die Liebe, schimmerten am blaugrauen Himmel. Eine Nachtigall sang über ihnen und auch in Roosjes Herz. Sie fühlte sich geliebt; sie sah, dass alles ringsum den Rahmen ihres Glückes bildete, und schweigend und anbetend blickte sie auf ihren Mann, ihren stolzen Geliebten, auf dessen Arm sie sich mit verschränkten Händen schwer stützte, ohne dass er es zu merken schien.

Da er sah, dass sie müde war, wollte er sie tragen. Sie verbat es sich nachdrücklich, wohl wissend, dass er es doch tun würde, aber nicht lange, und vor allem aus weiblicher Eitelkeit, denn sie wollte nicht aussehen wie ein Kind in den Armen der Amme. Und dann hätte man auch beim Schein einer tückischen Laterne sehen können, dass an ihrem einen Schuh das Schnürband sich gelöst hatte.

Sie entfernten sich wieder vom Jahrmarktsplatz.

»Sieh«, sagte er, plötzlich beredt und poetisch werdend, »sieh da den Stern, die Venus, den hellen Stern, den Stern der Liebe und Hoffnung, sieh! Wer ihn nicht in seinem Gehirn hat, mitten in seinen Schmerzen, seinem Verdruss, seinen Kämpfen, der ist tot, und man kann ihn vor die Hunde werfen.«

Sie küsste ihm zum Zeichen ihrer Hörigkeit die Hände und erwartete eine bündigere Sprache, einen Heiratsantrag, wie es die Mädchen aus dem Volk und auch die anderen stets von den Männern erwarten, die ihnen ihre Liebe erklären.

»Du wirst nie allein sein, und dieser Arm, auf den du dich stützt ...«

Er vollendete den Satz nicht, aber er bedeckte sie mit Küssen. Sie fuhr fort, ihm die Hand zu küssen, war fast glücklich; aber die Überlegung, die die Frauen nie verlässt, das Gefühl vom Leichtsinn und der Rohheit der Männer, ließen keine reine Freude aufkommen, obwohl ihr pochendes Herz sie zur Liebe rief. Von den Feldern her wehte ihnen der berauschende Duft des blühenden Korns entgegen.

»Ich bin so müde«, sagte sie.

Sie traten in einen der Gärten am Rande des Teiches, einen Garten mit Bäumen und Sträuchern, die zu Lauben hergerichtet und durch niedrige Hecken voneinander getrennt waren. Auf den Bänken erkannten sie die an einander geschmiegten Schatten von Liebespaaren; sie hoben sich von der unbestimmten Helle ab, die vom Himmel herabfiel und von dem Teiche zurückstrahlte. Tiefe Stille herrschte, als wäre der Garten menschenleer. Ein weißgekleideter Knabe, der geräuschlos hin und her lief, stach wie ein Gespenst von der Dunkelheit ab.

Die beiden Glücklichen errieten die Streitereien, die Eifersuchtsszenen, die Schmerzen und Küsse im Dunkeln. Wie viele Verliebte saßen dort, die das Glück suchten und es in der finsteren Einsamkeit, in der nächtlichen Stille fanden! Draußen rauschten die Blätter, zirpten die Grillen, quakten die Frösche und zischten die Kröten. Von Zeit zu Zeit hörten sie auch schwere Schritte auf dem Wege und die Stimme eines bierberauschten Lümmels, der einen schmutzigen Gassenhauer sang, bei dem Roosje errötete. Ihr Geliebter war empört darüber. Sie liebten sich mit reiner Liebe, die auch in ihren heftigsten Wallungen sanft und groß war. Sie saßen Aug' in Auge im bleichen Schimmer der grauen, lauen Sommernacht, Hand in Hand, Mund auf Mund, sie auf seinen Knien.

Die Wärme des Himmels und des Bodens, die Ruhe der Bäume, die ihr schlafendes Laub senkten, entfachte in ihnen die Glut der Liebe. Für sie war alles Wonne, Zärtlichkeit, Güte! Die gemeine Welt des täglichen Kampfes verschwand. Sie berauschten sich an den Geräuschen der Liebesnacht, dem Duft der Kornfelder, an allen Stimmen, jedem Atemzug der Natur.

Und nun nichts mehr als die Einsamkeit, das Alleinsein, die Eifersucht! Nichts mehr, nicht mal ihr Kind, das ein anderer ihr genommen hatte. Nichts mehr als in einem Winkel des Kirchhofs das vermoderte Gerippe des Mannes, den sie so heiß geliebt hatte. Nichts als die Leere, die schreckliche Leere und der quälende Anblick vom Glück eines verabscheuten Mannes.

Nein, sie musste ein Ende machen. Roosje wollte glücklich sein, geliebt und geliebkost von ihrer Tochter, stets mit ihr allein, ohne den »Taugenichts« von Gatten im Hause. Ja, wenn nötig, wollte sie ihr einen goldenen Palast bauen, um Margarete darin aufzunehmen.

Dritter Teil

1

September war gekommen, der Lieblingsmonat der Liebenden, der Träumer, Dichter und Künstler, die holde Übergangszeit zwischen dem strahlenden Sommer, der Abschied nimmt, und dem reichen, üppigen, schwermütigen, nebligen Herbst, der herannaht. Die Bäume, die rasch grün werden und früh welken, streuen bereits ihre roten Blätter auf die Wege; das Sonnenlicht spielt malerischer in den Abendwolken, die sich in dichteren Massen am Horizont ballen. In der ganzen Natur liegt eine seltsame Ruhe und gleichsam die Erwartung einer Trauer ohne Tränen. Die schwarzen Beeren glänzen wie Trauben von Jettperlen an den Brombeersträuchern, die das Schlangenknäul ihrer kahlen Äste zeigen. Die schon frostige Nachtluft umsäumt alle Blätter mit gelben Rändern. Die roten Rüben, deren welke Blätter am Morgen mit Tau bedeckt sind, sehen im bleichen Sonnenschein mit ihren geröteten, schwellenden Wurzeln aus dem Boden hervor. Menschen, Vögel, Pflanzen, die ganze Natur, scheinen zu begreifen, dass der Lebenssaft alles gegeben hat, was er nach den waltenden Gesetzen zu geben vermag, und dass der Augenblick nahe ist, wo seine scheinbar erschöpfte Quelle den Pflanzenschmuck der entschlafenden Erde nur noch kärglich ernährt.

Paul, Margarete, sogar Siska, ja selbst die Vögel in den Käfigen unterlagen diesem schwermütigen Einfluss des Herbstes.

Roosje hatte andere Gedanken, selbstsüchtige, eitle und schlimme. Seit einer Weile sprach sie nur noch von »anständigen« Leuten, »anständiger« Gesellschaft, »anständigen« Manieren. Sie, die gewöhnt war, die Möbel mit bloßen Händen abzustäuben und abzureiben und das Geschirr in kochendem Wasser zu spülen, sodass ihre Finger einschrumpften, verbrachte nun einen guten Teil des Tages damit, diese Arbeitswerkzeuge mit Mandelpasta, Jockey-Klub-Seife und anderen Mixturen einzureiben, deren lockende Schilder mit ihren verwelschten griechischen Namen versprachen, der Haut »eine unvergleichliche Frische und Sammetweichheit« zu geben oder zu erhalten.

Seit einiger Zeit kamen Schneiderinnen, Modistinnen und Schuhmacher unaufhörlich ins Schloss, wie Roosje es nannte, und brachten Kleider, Röcke, Haarfrisuren, Hüte und Stiefel. Sie ließ sich von ihren Lieferanten, Leuten von Geschmack und Ruf, beraten, und so war sie bald so vornehm gekleidet, dass man sie aus einiger Entfernung für eine Dame halten konnte.

Margarete war über diese Verwandlung erstaunt. In ihrer Harmlosigkeit glaubte sie, Roosje sei eifersüchtig auf die bescheidene Eleganz ihres Anzuges und wolle sie nicht nur nachahmen, sondern durch ihren Luxus ausstechen. Paul dagegen, der nicht ihr Sohn war, sie aber aus Ehrerbietung vor dem Alter und ihrem Geschlecht gut behandelte, bemerkte an ihr eine Veränderung, die ihm zu denken gab. Drei Gefühle, so dachte er, waren in ihr rege: eine grausame, kaum verhehlte Genugtuung, ein lebhafterer Hass auf ihn, der Hass einer Katze, die Sammetpfoten macht, bevor sie zum Tatzenhieb ausholt, und eine dumme, breitspurige, grenzenlose Eitelkeit.

Roosjes erste Tat nach ihrer Verwandlung in eine Dame war, dass sie Siska roh und grausam in die Küche verwies. Das arme Mädchen ging blutenden Herzens hinunter und kam an diesem Tage nur zum Vorschein, um nachzusehen, ob Roosje etwas nötig hätte. Sie bekam die hochfahrende Antwort, man werde klingeln, wenn man sie brauche.

Eines Tages schellte ein kleiner Mann am Gitter. Er war schlecht gekleidet wie ein junger Gelehrter, ein Bücherwurm, der im Alter schmutzig sein wird. Sein Benehmen war spöttisch und zugleich dienstfertig. Er maß das Mädchen mit den Blicken und fragte dann in hochfahrendem Tone, ob die Frau Baronin Servaes van Steelandt im Schloss wäre. Das letzte Wort betonte er besonders. Das Mädchen antwortete, dass eine alte Frau namens Roosje, verwitwete Servaes, geborene van Steelandt, in dem Landhaus« wohne und vielleicht Baronin sei, da der Herr es ja sage.

Sie öffnete das Gitter und blickte dem kleinen Manne nach, der durch die Allee schritt und mit seinen plumpen Stiefeln die Muscheln der Raseneinfassung zertrat, die auf dem Wege herumlagen. Lachend bewunderte sie die Anmut seiner Erscheinung, seinen hohen Zylinder, der an den Leuchtturm von Ostende gemahnte, den dicken Kopf, den zu langen Rumpf, das biegsame Rückgrat, die breiten Hüften, das Hinterteil, das so umfangreich war wie bei einer Stute, die krummen, dicken Beine und die Plattfüße.

Er ließ sich unter dem Namen Bouffart melden, und als er Roosjes Zimmer betrat, prüfte er den Tisch, die Möbel, den Kamin, die Bilder und auch Frau Servaes van Steelandt, die er mit zärtlich-schalkhaften Blicken betrachtete.

»Setzen Sie sich, Herr«, sagte Roosje würdevoll und machte eine Handbewegung, die hochmütig sein sollte, aber nur lächerlich war.

Herr Bouffart setzte sich bescheiden auf den ersten Sitz, der in seiner Nähe stand. Es war ein Betstuhl. Auch Roosje nahm Platz, mit erhobenem Kopf, die Augen etwas verstört und weit aufgerissen. Ein Zeichen überreizter Eitelkeit.

Sie lehnte den Ellbogen auf einen kleinen Spieltisch und stützte das Gesicht in die Hand, wobei sie Sorge trug, den kleinen Finger elegant gebogen am Augenwinkel zu halten. »Ich höre, mein Herr«, sagte sie hart und hochmütig.

Bouffart verbeugte sich tief.

»Frau Baronin«, sagte er, »Ihre Titel sind in Ordnung. Der Name Servaes van Steelandt wird schon 1567 unter den Schöffen der Küre von Gent genannt.« »1567 vor Christi Geburt! Ach, Herr, welches Glück!« rief Roosje. Sie glaubte, das wäre zur Zeit der Sintflut gewesen. »So alt ist mein Name, Herr?«

»Nicht ganz genau, Frau Baronin, aber beinahe«, antwortete Bouffart, ohne mit der Wimper zu zucken.

»Immerhin,« entgegnete Roosje, »ich glaubte, das viele Wasser ...«

»Einige Kirchenbücher sind freilich dabei untergegangen, Frau Baronin, aber zum Glück konnten die meisten gerettet werden. Die, welche Ihren Namen erwähnen, sind dem Verderben entgangen. Hier sind übrigens Ihre Adelsbriefe, mit der Freiherrnkrone versehen. Ihre Ahnen, die Familie van Steelandt, wären Herren von Bergen-op-Zoom, Lille, Perregatte und anderen Orten. Im Jahre 1727, unter der Herrschaft Ihrer durchlauchtigsten und allergnädigsten Majestät, Maria Theresia, übersandte Messire de Parcq, der damals nur zum Ritterstand gehörte, Ihrer durchlauchtigsten und allergnädigsten Majestät eine Bittschrift des Inhalts, dass er ein Mann von gutem Wandel und Sitten sei und zweitausend Gulden für den Freiherrntitel und das Recht böte, den Namen van Steelandt zu führen. Seine Bittschrift wurde dem Reichshofrat in Wien überwiesen und von diesem mit einer höflichen Ablehnung zurückgesandt, vielleicht weil das Angebot des Messire de Parcq zu gering war. Er ließ sich nicht abschrecken, richtete an die Kaiserin eine neue Bittschrift und bot viertausend Gulden. Sie gelangte wieder an den Reichshofrat in Wien und kam diesmal unter schmeichelhafter Annahme der viertausend Gulden zurück, zugleich mit der Genehmigung, den Freiherrntitel zu führen und seinem Namen den van Steelandt hinzuzufügen.«

»Immer Geld!«, sagte Roosje. »Das war nicht schön von Maria Theresia.«

»Entschuldigen Sie, Frau Baronin. Die Fürsten dürfen nach göttlichem Recht Adelstitel verkaufen. Sie wollen doch sicher nicht, dass sie sie gratis verleihen?«

»O nein«, sagte Roosje, völlig gebändigt durch das »Verleihen«.

»Die Herrscher sind ebenso wenig wie Sie verpflichtet, das gratis zu vergeben, was ihnen zu eigen gehört, was ihr Besitz ist, der Ausfluss ihrer Erhabenheit – den Adel. Außerdem befand sich Ihre allergnädigste Majestät damals im Kriege mit Preußen und Friedrich II. Der Kurfürst von Bayern erhob Ansprüche auf ihren Thron. Die Ungarn ergriffen allerdings die Waffen für sie. Die Holländer ihrerseits schickten ihr Geld und Truppen; unter ihnen befand sich einer Ihrer Ahnen. Durch einen Kartätschenschuss verlor er auf dem Schlachtfeld das rechte

Ohr und die Nasenspitze. Ihre Majestät die Kaiserin mochte in diesen schweren Zeiten Geld brauchen, in diesem Kreuzzug des guten Rechts gegen die Gewalt ...«

»Ach ja«, unterbrach Roosje. »Ich verstehe, das war damals, als Gottfried von Bouillon ...«

Bouffart hustete bescheiden.

»Das ist teuer, viertausend Gulden.«

»Ich erlaube mir, der Frau Baronin zu sagen, dass der Titel soviel wert ist. Er gibt Zutritt zur besten Gesellschaft, zu den Reichen und Mächtigen. Für den Adelsbrief, der die gnädige Frau mit einem Schlage in die obere, bevorrechtigte Kaste erhebt, würde ein reiches Bürgermädchen gern eine Million zahlen. Das sieht man alle Tage. Die jungen Bankiers, auch die reichsten, sind glücklich, in ihrer Verwandtschaft wenigstens eine Patrizierfamilie zu haben, und Sie können sich freuen ...«

»Ich habe recht spät daran gedacht. Zeigen Sie mir mein Wappen.«

»Hier, Frau Baronin. Ein silberner Balken auf rotem Grunde und darüber vier laufende Andreaskreuze auf azurenen Balken.«

»Schön, sehr schön«, sagte Roosje, durch die Worte Balken, Silber und Azur derart bezaubert, dass sie ihr ins Blut zu dringen und heraldische Blutkörper und adliges Eisen darin zu erzeugen schienen. »Ist mein Ring fertig?«, fügte sie hinzu.

»Ja, gnädige Frau.«

»Was wiegt er?«

»Eine Unze Goldes.«

»Was kostet er?«

»Dreihundertfünfzig Franken.«

»Das macht zweihundertsiebzig Franken für die Arbeit und die Gravierung?«

»Ja, gnädige Frau.«

»Geben Sie mir die Rechnung.«

»Hier ist sie.«

»Unquittiert?«

»Frau Baronin haben mich nicht beauftragt, sie zu bezahlen.«

»Sie trauen mir nicht?«

»Aber Frau Baronin!«

Roosje öffnete ein kleines Schubfach, das mit Goldstücken gefüllt war, und zahlte Bouffart 350 Franken.

»Bestätigen Sie mir den Empfang.«

Bouffart schrieb die Quittung.

»Rann ich Ihnen ein Trinkgeld anbieten?«, fragte Roosje.

»Frau Baronin,« entgegnete er beleidigt, »ein Trinkgeld? Nein! Wir nennen das Honorar.«

Der Goldschmied hatte ihm schon eine Provision gezahlt.

»Da«, sagte Roosje, »da haben Sie einen päpstlichen Franken, der wird Ihnen Glück bringen.«

»Einen Franken«, sagte Bouffart trocken und unhöflich. »Ich bekomme fünfundzwanzig Prozent.«

»Was? Fünfundzwanzig Prozent? Aber das macht ja siebenundachtzig Franken und fünfzig Centimes.«

»Ja.«

Roosje zahlte sie ihm mit zitternden Fingern.

»Das ist gut bezahlt«, sagte sie zähneknirschend.

»Es ist noch nicht alles. Frau Baronin schulden mir noch den Preis für das Malen des Wappens, die Kosten für die Anfertigung, Abschrift und Eintragung der Urkunden. Eine Kleinigkeit. Fünfhundert Franken.«

»Fünfhundert Franken!«, rief Roosje wütend. »Sie glauben wohl, ich hätte sie und würde sie Ihnen geben? Sie sind ein ... Dieb!« wollte sie sagen.

»Verzeihung, gnädige Frau, die Arbeit ist mir von Ihnen aufgetragen. Sie werden sie mir gefälligst bezahlen.« Bouffart steckte die Urkunde wieder in die Tasche seines Überrocks und fuhr fort:

»Ich könnte Sie vor Gericht bringen und Ihre Briefe bekannt geben ... worin Sie gestehen, dass Sie ... Wirtin im ›Kaiserwappen‹ waren.«

Die letzten Worte sprach er sehr laut.

»Mein Herr«, sagte Roosje kleinlaut, »wenn man Sie hörte! Schweigen Sie! Hier sind die fünfhundert Franken.«

Bouffart übergab Roosje ihre beglaubigten Adelsbriefe und ging.

»Auf Wiedersehen, Frau Baronin«, sagte er sehr laut auf der Treppe.

In diesem Augenblick legte die befriedigte Eitelkeit eine Salbe auf die Wunde, die Roosjes Geiz geschlagen war.

2

Folgende Szene spielte sich zwei Tage später in Roosjes Boudoir ab.

»Mama, du siehst doch, dass sie weint«, sagte Margarete zu ihrer Mutter, die im Zimmer stand und mit hochmütiger Miene abwechselnd ihren Siegelring betrachtete und die Falten ihres herbstfarbenen Taftkleides peinlich ordnete. Margarete fuhr fort:

»Du brauchst nicht so oft deinen Ring und dein Kleid zu betrachten. Mach' lieber der armen Siska, die dich so liebt, nicht so viel Kummer.« Siska weinte in einer Ecke und verbarg ihr Gesicht in einer merkwürdigen weißen Schürze mit blauen Säumen – dem Azur und Silber der neuen Baronin. Ihr hellblaues Kleid trug an den Ärmelaufschlägen und am Rocksaum breite Silbertressen und war mit großen roten Knöpfen – dem Grunde des Wappens – zugeknöpft. Auf dem Mieder sah Margarete nicht ohne Verblüffung einen Einsatz in Form eines Schildes, der das edle Wappen der Barone Van Steelandt in Rot, Silber und Azur darstellte. Das war ein Einfall von Roosje. Siskas dicke rote Männerhände sahen noch röter und dicker aus den engen Ärmeln ihres Wappenkleides hervor, dessen viereckiger Ausschnitt ihre magere Brust freiließ und ihre gelbliche Haut und die eckige, muskulöse Bildung ihrer kräftigen Schultern zeigte.

»Nein, Frau«, sagte sie plötzlich, »ich will mich nicht so anziehen, ich schäme mich. Man wird mich für eine Straßendirne halten. Ich sehe wie eine Verrückte aus. Die Gassenjungen werden hinter mir herlaufen und mich mit Steinen werfen. Lieber krieche ich ins Kohlenloch und komme nicht mehr hervor. Ich weiß nicht, ob das vornehm ist, sich derart vor aller Welt zu zeigen, in Blau, Weiß und Rot, buntscheckig wie eine Musterkarte. Ich gehöre nicht zur vornehmen Welt. Mein Vater war ein Erdarbeiter, meine Mutter eine Arbeitsfrau, und sie liefen vor niemand im Maskenkleid herum. Ich will so sein wie sie. Sie würden sich bass schämen – Gott habe sie selig – wenn sie mich in diesem Aufzug sehen könnten. Frau Margarete, Fräulein Grietje,« fügte sie zärtlich hinzu, »bitten Sie doch die Frau Baronin, denn das ist sie ja nun mal, mir mein Merinokleid für den Alltag und mein Baumwollkleid für den Sonntag zu lassen. Eine Schürze will ich ja tragen, aber nur eine weiße ohne Rand, das ist sauberer, und wenn die Frau das Waschen bezahlen will ... und ...«

»Schön, Fräulein Siska«, sagte Roosje hart.

»Ich bin Frau und nicht Fräulein«, unterbrach sie die arme Sklavin, die sich beschimpft fühlte.

»Wenn man zu einer Magd Frau sagt, wie soll man mich dann nennen?«, fragte Roosje.

»Frau Baronin. Närrische Baronin vielleicht, ums Ihnen zu sagen.«

»Hinaus!«, rief Roosje und packte sie am Arme.

»Ach ja, ich gehe schon«, sagte Siska und versetzte ihr einen kräftigen Klaps, sodass sie sie losließ. »Ja, ich gehe lieber heute als morgen, lieber sofort als in einer Stunde, aber vorher will ich Ihnen noch eins sagen. Ich weiß nicht, welcher Hochmutsteufel in Sie gefahren ist, aber Sie werden lächerlich und unerträglich ...«

»Siska ...«, unterbrach Margarete.

»Lassen Sie mich reden,« versetzte Siska, sich völlig in Wut redend. »Lassen Sie mich reden, liebes Fräulein, ich werde es hier nicht mehr lange tun. Das Herz ist mir seit sechs Wochen zu schwer. Die Frau behandelt mich wie einen bösen Hund; ich kriege nichts als Schelte und nie einen Dank. Als sie eifersüchtig auf Sie war, Frau, und auf Ihr Glück, da verzieh ich ihr ihren Zorn. Jetzt ist's was anderes. Ich weiß nicht, was in sie gefahren ist, etwas Scheußliches, was nicht natürlich ist. Jede Nacht träume ich von einer großen Katze, so groß wie ein Mensch, die um das Haus schleicht. Ich sage Ihnen, wenn das nicht anders wird, gibt's ein Unglück; glauben Sie mir, Grietje. Ich liebe Sie, ich möchte immer bei Ihnen sein, um Sie zu beschützen, aber hier kann ich nicht länger bleiben. Nein, nein, halten Sie mich nicht zurück, ich muss gehen.«

»Frau,« setzte sie hinzu, sich an Roosje wendend, »Gott möge Sie nicht strafen, das ist alles, worum ich bitte. Aber lassen Sie mich gehen, Fräulein Grietje, lassen Sie mich gehen. Ich sage Ihnen, ich will nicht mehr hier bleiben. Der Teufel ist da. Nachts pfeift er in den Essen und ich höre ihn lachen, wenn der Wind weht. Ich sage Ihnen, ich habe Angst in meinem Zimmer. Schlösse ich mich nicht doppelt ein und hätte ich nicht ein großes Messer im Bette, ich könnte nicht schlafen. Ich sage Ihnen, ich will fort. Das Unglück schleicht um das Haus.

Wer wird weinen? Wer wird leiden? Wer wird sterben? Ich weiß es nicht, aber ich habe Angst und will fort!«

Siska ging hinaus und Margarete folgte ihr. Sie gingen in das Zimmer der treuen Sklavin hinauf. Da riss sich Siska ihr Wappenkleid in Stücken vom Leibe. Mit einem Freudenschauer zog sie ihr altes schwarzes Kleid wieder an, setzte ihre weiße Haube auf und zog ihre groben Schuhe an. Dann trug sie alles zusammen, was sie an Kleidungsstücken hatte, und legte es ordentlich in eine große, grün angestrichene Holzkiste. »Bleib bei uns«, sagte Margarete, »bleib bei uns. Ich habe dich lieb, du weißt es ...«

»Oh! Ich auch, Fräulein, Frau, wollt' ich sagen.«

»Nun gut, also bleibe. Ich kenne und liebe dich. Bleib bei mir, wenn du nicht mehr bei Mama bleiben willst. Ich muss ja auch sagen, dass sie recht hässlich zu dir ist, aber sie ist alt und bedarf der Pflege.«

»Nein, Fräulein, nein; ich habe Angst hier.«

»Hast du um dich Angst, Siska?«

»Nein, Grietje, nein. Um Sie,« setzte sie ganz leise hinzu, »um Sie hab' ich Angst.«

»Nun gut, dann musst du bei mir bleiben, um mich zu beschützen. Für Mama werde ich eine andere Magd suchen. Du wirst mich ankleiden und mir das Haar machen.«

»Ich bin so ungeschickt.«

»Du wirst schon lernen, geschickt zu werden«, sagte Margarete. Und lachend und sie umarmend, setzte sie hinzu: »Und da wirst mich vor der großen Katze behüten. Wenn du Lärm hörst, greifst du zum Messer, und niemand wird wagen, sich zu rühren.«

»Ach, Fräulein, Frau,« verbesserte sich Siska, »nicht wahr, ich werde stets bei Ihnen bleiben, stets? Wie gut werde ich für Sie sorgen! Aber wird Jeannette nicht eifersüchtig werden?«

»Dafür ist sie zu böse auf Mama,« entgegnete Margarete.

»Wen werden Sie für die Frau Mutter annehmen?«, fragte Siska.

»Fürs erste sorge ich für sie, bis ich jemand finde, der ihr passt.« »Na schön«, sagte Siska, schon besorgt, dass Roosje sich selbst überlassen bliebe.

Inzwischen war die Alte allein in ihrem Zimmer und genoss die herben Freuden der Eitelkeit. Sie ordnete peinlich die Falten ihres herbstfarbenen Taftkleides und betrachtete stolz ihren großen goldenen Siegelring.

In der Nacht träumte sie, sie führe über den Schlossplatz in Brüssel in einem vierspännigen Wagen mit einem Vorreiter. Es war ein Paradetag und heller Sonnenschein. Die Trommeln dröhnten, die Regimentsmusiken spielten die Brabançonne, die Glocken läuteten, von Zeit zu Zeit fiel ein Kanonenschuss. Der König nahm vor ihr seinen Hut ab, und die Soldaten präsentierten vor ihr das Gewehr.

Paul war ein schmutziger, zerlumpter Bettler geworden und trug einen langen Bart. Er stand, auf einen dicken Stock gestützt, in der ersten Reihe und hielt ihr seine fettige Mütze hin. Sie warf ihm einen Heller hinein und fuhr stolz davon im langen Galopp ihrer vier Pferde.

»Ich kriege ihn schließlich unter!«, sagte sie sich.

3

Roosjes Anmaßung wurde bald unerträglich. Siska weinte den ganzen Tag; die Köchin verlangte, um überhaupt zu bleiben, eine Lohnerhöhung und lief weg, wenn sie nur die Nasenspitze der Frau Baronin sah. Das Hausmädchen, das an Margarete hing, klagte zwar nicht, konnte es aber bei seinem lustigen und entschlossenen Wesen nicht lassen, der neugebackenen Adligen ins Gesicht zu lachen, wenn ihre junge Herrin nicht da war.

Roosje kümmerte das wenig. Sie betete sich an, genoss sich selbst wie ein köstliches Gericht, las immer und immer wieder das heraldische Kauderwelsch ihres Adelsbriefes und träumte davon, sich eine fünfzackige Freiherrnkrone machen zu lassen, die sie des Abends daheim bei verschlossenen Türen tragen wollte, um sich mit diesem Schmuck in ihrem Spiegel zu bewundern.

Die Leute aus der Nachbarschaft, die Bauern erzählten, man sähe sie in Gesellschaft schöner Herren und Damen im Wagen fahren. Dann spreizte sie sich, gestikulierte beim Sprechen mit Kopf und Händen, und große Hunde liefen vor oder neben dem Wagen einher.

Das traf zu und stieg der früheren Gastwirtin so zu Kopfe, dass es für sie nichts mehr auf der Welt gab als den Adel, die Leute von gutem Ton, die Wappen, die großen Hunde und Wagenfahrten. Sie bekam eine grenzenlose Hochachtung vor ihrem Körper. War er nicht aus einem Stoffe, der aus der Zeit vor der Sintflut stammte? Sie verwandte auf ihr liebes Ich eine kleinliche, beharrliche, lächerliche Sorgfalt. Binnen vierzehn Tagen hatte sie wohlgepflegte Hände; sie trug Schönheitspflästerchen, bestrich und salbte sich mit allen möglichen Salben, Pudern und Mixturen und verjüngte sich, aber in abstoßender Weise. Das Hausmädchen behauptete, sie wollte wieder heiraten. Aber das traf nicht zu.

Bisher hatte Roosje Paul verachtet. Nun verachtete sie ihn noch mehr und noch hochmütiger. Bisweilen sagte sie: »Er soll's mir heimzahlen, der Habenichts, der Bürgerliche!«

Nur die Liebe zu ihrer Tochter, ihre einzige, wahre Liebe, blieb. Margarete war adlig wie sie und von ihrem Blute. Eines Tages ging sie in das Schlafzimmer des »Plebejers« Paul, während er sich ankleidete. Sie wollte sehen, ob seine Füße so wären wie die ihren.

4

Eines Tages sagte Paul zu Margarete:

»Ich bin voller Geduld und Sanftmut! ... Aber ich bin am Ende. Es juckt mir in den Fingern. Ich fühle beim geringsten Wort ...«

»Ich hab' es gern, dass du geduldig bist«, antwortete Margarete, »aber, da es dir in den Fingern juckt und du jemanden schlagen musst ...«

Paul gab ihr einige Klapse. Sie zahlte sie ihm nach Kräften heim. Er war bald wieder ruhig.

Dann küsste sie ihm die Hand zum Zeichen ihrer zärtlichen Hörigkeit und sagte: »Bist du nun zufrieden, mein sanfter Gebieter, dass du Mama auf meinem Rücken geschlagen hast?«

Dergleichen Szenen wiederholten sich häufig. Margarete hatte ihren Gatten durch ihre Anmut, Liebe und Zärtlichkeit schon oft davon zurückgehalten, gegen ihre Mutter so ausfallend zu werden, dass diese die Villa hätte verlassen müssen und in die Leere und Einsamkeit zurückgesunken wäre.

Am nächsten Morgen sagte Paul zu Margarete: »Ich brauche Luft. Hier ersticke ich seit einiger Zeit. Auch du bist nicht glücklich. Nehmen wir drei Wochen Urlaub und lassen wir die Schwiegermutter in der Gesellschaft ihrer Adligen.«

»Da du Luft brauchst und erstickst«, antwortete Margarete, »wollen wir verreisen, wohin du willst. Wohin sollen wir gehen?«

»Nach Ostende, ans Meer.«

»Ans Meer!«, rief Margarete fröhlich und klatschte wie ein Kind in die Hände.

»Ja, ans Meer, Salzluft atmen ... Und nicht von früh bis spät beschimpft werden.«

Margarete kündigte Roosje diesen Reiseplan an. Sie wollte sich gewählt ausdrücken und bezeigte ihr lebhaftes Bedauern, ihre Frau Tochter und ihren Herrn Schwiegersohn nicht ins Seebad begleiten zu können. Sie hätte jedoch Dinereinladungen vom Herrn Grafen von S ..., dem Herrn Herzog von ... und dem Herrn Baron von ... erhalten. Auch wünsche der Chevalier D ..., der sehr reich sei und trotz seines ganz niederen Adels überall verkehrte, dass sie ihm die Ehre erwiese, ein paar Tage auf seinem Landgut zu verbringen. Trotz ihres Bedauerns, die Zerstreuungen und Vergnügungen des Seebades nicht mit ihrer Tochter teilen zu können, sähe sie sich also genötigt, sie allein mit ihrem Gatten reisen zu lassen, dessen angenehme Gesellschaft ihr sicherlich genügen würde. Sie wünschte aufrichtig, dass sie in voller Gesundheit ins Schloss zurückkehrten. Sie bäte ihre Tochter nur, ihr während ihrer Abwesenheit die Schlüssel des Hauses zu übergeben und den Dienstboten die nötigen Anweisungen zu geben, damit sie bedient würde, wie es einer Dame aus guter Familie und großem Hause zukäme.

Paul ertrug diesen Hagel abgebrauchter Redensarten mit Ruhe und antwortete: »Die Frau Baronin kann der strikten Ausführung ihrer Befehle sicher sein. Ich werde die Ehre haben, meine Frau zu bitten, die Schlüssel ihrer Mutter, der Frau Baronin, zu übergeben, und ich habe die Ehre, ihr den lebhaftesten Ausdruck meiner hohen und ehrerbietigen Wertschätzung zu Füßen zu legen.«

Damit verbeugte sich Paul bis zur Erde und wollte hinausgehen. Vor dem Abschied wollte Margarete ihrer Mutter an den Hals springen. Da diese jedoch frisch angemalt war, stieß sie sie zurück und reichte ihr die Hand zum Kusse. Margarete begriff rasch, küsste ihr die Hand und verlangte nichts weiter. Paul ging nach rückwärts hinaus, wobei er sich immerfort verbeugte.

Roosje wagte nicht, wütend zu werden, damit es nicht so aussähe, als begriffe sie, dass ihr bestgehasster Feind sich über sie lustig machte.

Margarete ging hinaus, Paul folgte ihr. Im Vorflur schloss er Margarete in die Arme und gab ihr einen schlichtbürgerlichen Kuss. Am nächsten Morgen um fünf Uhr reisten sie ab und kamen bei Dunkelwerden in Ostende an.

5

Als sie ausstiegen, schlug es von der Kapuzinerkirche acht Uhr. Es war ein schwüler Abend. Der letzte Tages-schimmer erlosch am schwarzen Himmel. Kein Blitz, kein Geräusch, kein Wind, nichts als das dumpfe Brau-sen des Meeres, das von der Elektrizität des nahenden Gewitters in seinen Tiefen aufgerührt wurde. Sie schrit-ten über die Zugbrücke, die über die Gräben führte, und standen bald auf dem Damm. Das Meer lag vor ihnen, phosphoreszierend und brüllend.

»Paul!«, sagte Margarete, »Paul, was ist da überall für ein Feuer?« Sie schmiegte sich an seinen Arm.

»Hast du Angst?«, fragte er.

»Nein. Du würdest mich nirgendswo hinführen, wo Gefahr ist. Außerdem scheinen all die Leute, die an den Geländern lehnen, guter Dinge zu sein. Ich will auch gu-ter Dinge sein. Ich gehe, wohin du gehst.«

»Auf diese Bank?«

»Ja.«

»Es regnet schon große Tropfen.«

»Die Tropfen sind warm. Solchen Regen mag ich gern.«

Sie setzten sich. Paul und Margarete umschlangen sich, schmiegten Wange an Wange und gaben sich verstohlene Küsse, ohne von den breiten, rötlichen Streifen verraten zu werden, die den schwarzen Himmel flüchtig durchklafften. Sie hielten ihre von der Elektrizität feuchten Hände verschlungen und waren in jene weiche Schlaffheit versunken, die so viel Kraft birgt. Mit leiser, dumpfer, feierlicher Stimme sprachen sie. Auch das Meer sprach, wie es zu sprechen vermag, wenn das Gewitter, sein Buhle, es mit Liebesströmen sättigt. Es war ganz in Feuer gebadet. Von der Spitze der Wellenbrecher und des Pfahlwerks bis zum fernen Horizont war ein einziges Lichtmeer. Jeder Wogenkamm trug sein Irrlicht, das in dem Wellengang verschwand und erlosch und auf einem anderen Wogenkamm wieder auftauchte. Der Donner grollte mit dumpfer, langsamer, hallender, schmeichelnder Stimme wie ein ungeheurer, tausendarmiger Riese, der das Meer umfing und seine Riesenliebe hinausschrie.

Mächtige Wogen brandeten über die Wellenbrecher und den hohen Damm hinweg und bedeckten sie mit leuchtendem Schaum, rollten langsam zurück und verschwanden in der Flut, wie vor Lust brüllend. Der Himmel war schwarz, das Wasser mit Lichtern besät. Feurige Schlangen sprangen über die Wellenbrecher. Hippogryphen, Chimären, Sirenen bäumten an dem Pfahlwerk empor, als wollten sie es erklimmen. Paul und Margarete fühlten, wie die Glut, die am Busen der Wogen kochte, zu ihnen emporstieg. Jeden Augenblick erschien auf der Flut ein neues Fabelwesen, ein ungeborenes, leuchtendes Gebilde. Bisweilen scharten sich die Ungeheuer zusammen und kamen auf den Deich zu, mit gähnenden Rachen und feurigen Mähnen, die in dem aufkommenden Winde flatterten, der den Dünensand von der Westpoort über den Deich jagte. Dann wieder taten sich weiche Abgründe von Licht auf und riefen die beiden Liebenden. Paul und Margarete folgten mit aufmerksamen Blicken dem anmutigen Spiel der Wogen, ihren wollüstigen Windungen, den zwischen ihnen klaffenden Feuerbetten, und ließen sich von diesen schwindelnden Rufen locken. Sie hätten in das Meer hinablaufen und darin verschwinden mögen, gewiegt von dem schwankenden Bette der Wogen.

Der Wind wehte schwül, der Regen fiel in dicken Tropfen, immer dichter und rascher. Blitze durchzuckten den Himmel und zerrissen gewaltsam den schweren Wolkenvorhang. Paul und Margarete blieben sitzen, versunken in ihre Liebe und in den Anblick der Unendlichkeit von Himmel und Wasser, die ineinander verschmolzen.

»Paul, Paul«, flüsterte Margarete, »wenn ich dich jemals verlöre! Wir wollen jetzt gehen; es ist nicht gut, so lange ins Wasser zu schauen, wenn man traurig ist.«

Das Gewitter brach los, der Regen fiel in Strömen. Verträumt und durchnässt kehrten sie in den Gasthof zurück.

6

Bald darauf verließ die Köchin Ukkel infolge eines Briefes von unbekannter Hand:

»Ihre Mutter ist schwer krank. Sie möchte Sie sehen. Kommen Sie rasch nach Revin, wenn Sie Abschied von ihr nehmen wollen.«

Das Mädchen hatte weder Geld noch die Erlaubnis, fortzureisen. Sie bat die Frau Baronin um beides. Diese gab ihr sehr gnädig Urlaub. Betreffs des Geldes fragte sie, wie viel Lohn sie bekäme. »Dreißig Franken im Monat.«

»Wie weit reicht der Monat.«

»Bis heute früh.«

»Zeigen Sie Ihr Buch.«

»Hier, Frau Baronin.«

Roosje las. »Es ist richtig«, sagte sie. »Brauchen Sie die dreißig Franken?«

»Ja, gnädige Frau, sonst reise ich nicht.«

»Aber Ihre Mutter?«

»Ich habe noch eine Schwester zu Hause.«

»Hier sind die dreißig Franken. Geben Sie mir Quittung, ich lasse sie mir vom Herrn Doktor zurückzahlen. Wenn Sie vierzehn Tage fortbleiben müssen, werde ich sehen, wie ich ohne Sie auskomme.«

In Revin angelangt, fand die Köchin ihre Mutter wohlauf, und ihre Schwester war erstaunt über den Brief, den sie erhalten hatte. Am nächsten Tage dachte sie nicht mehr daran und genoss vierzehn Tage lang ihre Freiheit.

Ein paar Tage danach plauderten Siska und Jeannette in der Küche und sprachen auch über die Veränderung in Roosjes Charakter. Seit der Reise nach Ostende war sie so gutmütig geworden. Sie ging häufig aus und hatte sogar Siska gezwungen, mit ihr zu essen, wobei Jeannette die beiden bedienen musste. Der hatte sie versprochen, bei Gelegenheit auch mit ihr zu essen, wobei sie bemerkte, eine Baronin dürfe auch nicht stolzer sein als andere, und Siska sollte sie dann ihrerseits bedienen.

»Ja«, sagte Siska naiv zu Jeannette, »ich wusste es, die Frau ist nicht böse. Allemal, wenn man Menschen sieht, die stets ärgerlich scheinen, kann man sicher sein, dass ein gutes Herz dahintersteckt. Jetzt kommt es auch bei ihr zum Vorschein.«

»Möglich«, sagte Jeannette, »möglich,« während sie ihren Sonntagshut mit neuen grünen Bändern putzte. Grün war damals Mode. Zur Befestigung der beiden Bänder hatte sie eine tellergroße Rosette angebracht. »Möglich; ich glaube an keine Güte, die den Leuten über Nacht kommt.«

»Sie sieht den Herrn nicht mehr; ob das nicht der Grund ist?«

»Nein, Siska, ich versichere dir, es ist was anderes.«

»Was?«

»Seit zehn Tagen geht sie beständig zur selben Zeit fort und kommt sehr geschäftig zurück.«

»Meine große Katze, o Gott!«

»Welche große Katze?«

»Ich weiß schon, was ich meine.«

7

Eines Morgens klingelte Roosje heftig nach Siska. Erschreckt kam das gute Mädchen herauf. »Ist die gnädige Frau krank?«

»Nein, Siska«, antwortete Roosje süßlich. »Nein, du siehst ja, dass ich mich nie wohler gefühlt habe. Ach

Gott!« seufzte sie, »du könntest mir eine sehr große Freude machen, ja, eine sehr große Freude!«

»Welche, gnädige Frau? Sagen Sie's rasch, ich bin bereit.« »Du müsstest nach Gent fahren, Siska, ins ›Kaiserwappen‹ gehen und dort einen Koffer suchen, in dem der Waffenrock und der Feuerwehrhelm meines armen Mannes liegen. Er ist jetzt im Himmel und wird mir verzeihen, dass ich so spät daran denke, diese kostbaren Erinnerungen zu sammeln. Aber ich habe so viel Verdruss gehabt, Siska, so viel Sorgen. Er wird mir verzeihen, o ja! Du weißt, er hat in der Regierungsstraße auf die Orangisten geschossen, die von Bartjen Bast geführt wurden. Er hat unter Rothier den berühmten Kartätschenschuss abgefeuert, sodass man von den zweiten Jägern nichts mehr als Blut und Fetzen im Schnee sah. Ich brauche den Rock und den Helm, die er an diesem großen Tage trug. Heiliger Rock! Helm der Ehre! Reliquien eines Patrioten, Siska! Hole sie mir aus Gent. Der Koffer steht auf dem Boden rechts in der Ecke. Er ist in Mahagonifarbe gestrichen und mit einem Vorhängeschloss versehen; hier der Schlüssel.«

Siska nahm eine kriegerische Miene an. »Es ist für einen Patrioten«, sagte sie, »da geh ich sofort. Aber die Reise ist kostspielig, nicht wahr, Frau?« fügte das naive Geschöpf hinzu, das ohne einen Heller war, da sie all ihre kleinen Ersparnisse für den Peterspfennig hingegeben hatte.

»Teuer?«, fragte Roosje. »Hin und zurück dritter Klasse, Mittag, Abendessen und Wohnung für vierzehn Tage zu 1,5o Franken für den Tag, macht 27,10 Franken. Da sind sie; du wirst nicht sagen, dass ich geizig bin.«

»Das sage ich nicht, Frau, aber für 1,5o Franken kriege ich nirgends Wohnung und Essen. Ich brauche vierzig Franken. Ich kann krank werden, oder auf der Bahn kann mir was zustoßen. Die Lokomotiven sind Teufelsdinger. Ich bringe Ihnen das Geld wieder, wenn ich es nicht brauche. Wenn mir ein Unglück zustößt, kann ich nicht wie eine Bettlerin auf der Straße sitzen. Ich muss so viel haben, dass ich jemanden bezahlen kann, der mich aufhebt und mich in die Herberge bringt. Wäre die Post nicht so teuer, ich führe mit der Post. Ich sage Ihnen, ich brauche vierzig Franken.«

»Da, du Blutegel, da sind die vierzig Franken. Du tust nichts, als mir das Fell über die Ohren zu ziehen.«

»Ich gehe nicht, wenn Sie mich noch mal Blutegel nennen. Ich habe nicht das Geringste davon, mich in der Eisenbahn durchrütteln zu lassen und in den Wagen zu sitzen, vor die man den Teufel gespannt hat. Lachen Sie nicht, ich weiß wohl, dass der Teufel sie zieht. Wenn er zurückprallt, quetscht er die Wagen gegeneinander wie Feigen und die Reisenden mit. Aber ich werde vor der Fahrt tüchtig beten, und vielleicht zerquetscht er mich nicht beim Zurückprallen.«

»Siska, fürchte dich nicht. Jetzt bist du im Besitz einer großen Geldsumme. Und das Geld ist heuer knapp.«

»Das glaub' ich wohl, Frau, denn sogar der Papst braucht Geld und hat mich durch den Herrn Pfarrer darum bitten lassen.«

»Du kommst ins Paradies, Siska.«

»Ich suche es mir zu verdienen, Frau.«

»Man wird dir Rystpap in silbernen Löffeln zu essen geben.«

»Ich werde nehmen, was ich kriege, und es wird alles gut sein, das ist sicher.«

Am nächsten Tage reiste Siska nach Gent. Unterwegs sagte sie sich: »Sonderbar, der Mann der Frau galt in Gent für einen Orangisten, und jetzt sagt sie, er wäre ein Patriot und bei der Feuerwehr gewesen. Aber ich darf den bösen Zungen nicht glauben, die Welt ist so schlecht.«

8

Kaum hatte Siska das Gitter geschlossen, so ließ Roosje Jeannette in ihr Zimmer kommen.

»Es ist ein Dieb hier«, sagte sie streng.

»Ein Dieb?«, fragte Jeannette.

»Ja, ein Dieb oder eine Diebin.«

»Meinen Sie mich?«

»Sie oder eine andere.«

»Ich habe noch nie etwas genommen.«

»Alle Dienstmädchen ...«

»Das ist nicht wahr.«

»Sagen Sie doch, dass ich gelogen habe.«

»Ja, Sie haben gelogen«, erwiderte Jeannette und bekam sofort von Roosje eine solche Ohrfeige, dass sie hintenüberfiel.

Sie stand wütend auf. »Wenn Sie nicht eine alte Frau wären«, sagte sie, »ich würde Sie auf der Stelle erwürgen. Was! Stehlen? Was hab' ich gestohlen? Wo habe ich gestohlen? Sagen Sie's!«

»Aus diesem Haufen.« Und Roosje zeigte der geblendeten Jeannette ein fantastisches Schauspiel: einen Haufen Banknoten, Gold- und Silberstücke auf einem Arbeitstisch. Sie zählte die Banknoten. »Man hat mir hundert Franken gestohlen.«

»Gnädige Frau«, antwortete Jeannette, »Sie haben Ihr Zimmer seit gestern nicht verlassen, ich habe Ihnen also nichts nehmen können. Es ist nicht Ihre Gewohnheit, Banknoten, Gold und Silber auf den Tischen herumliegen zu lassen. Diese Scheine, dies Gold und diese Fünffrankenstücke liegen also ausdrücklich da, um Ihnen den Anlass zu geben, mir einen Streich zu spielen. Sie wollen mich aus dem Hause jagen, ich verlange nichts Besseres. Geben Sie mir meinen Lohn.«

»Da ist Ihr Lohn.«

Roosje folgte ihr, um sich zu vergewissern, dass sie nichts Gestohlenes in ihren Koffer tat.

Ein Bauernjunge kam gerade am Gitter vorüber. Das Mädchen winkte ihm einladend und vertraulich zu und ließ sich von ihm ihren Koffer zum Bureau der Omnibusse nach Brüssel tragen.

Als Roosje die Gittertür in ihren Angeln kreischen hörte, rieb sie sich fröhlich die Hände.

9

Alsbald ging sie aus und kehrte mit einem Schlosser zurück, den sie in Pauls und Margaretes Zimmer führte.

»Ich habe den Schlüssel zu meinem Schmuckkasten verloren«, sagte sie. »Bitte, öffnen Sie ihn.«

»Mit Vergnügen, Frau Baronin.«

»Nehmen Sie das Schloss mit und machen Sie einen Schlüssel wie den verlorenen.«

»Es wäre sicherer, Schlüssel und Schloss etwas zu ändern.«

»Nicht nötig.«

»Wann brauchen Sie den Schlüssel?«

»Heute Abend; ich will Sie gut bezahlen.«

»Danke im Voraus«, antwortete der Schlosser. Er war pünktlich.

Während dieses Gesprächs wagte Roosje, die sehr aufgeregt war, dem Schlosser nicht ins Gesicht zu sehen. Als sie allein war, schloss sie die Gittertür zweimal zu, ebenso alle inneren und äußeren Türen. Sie ließ alle Rollläden herab, zog alle Vorhänge zu und ging mit einer Blendlaterne in Margaretes Schlafzimmer; dabei sah sie sich wie eine Diebin um, ob ihr auch niemand folgte. Sie schloss sich ein, bekam Angst, blickte unter die Betten und in die Schränke, dann ging sie wieder an das Kästchen.

Blumen, trockne Haselnüsse, Rosen, Kornblumen, abgerissene Zweige, Schleifen, allerart zärtliche und holde Andenken waren darin. Mit zitternden Händen wühlte Roosje in diesem Gedicht der Vergangenheit. Sie erblickte ein Armband, das Paul Margarete vor der Hochzeit geschenkt hatte; es war mit zwei goldenen Medaillons, ihren Bildern, geschmückt.

Margarete hing sehr an diesem Armband; das wusste Roosje. Sie nahm es. Es brannte ihr in der Hand. In ihrer Verwirrung warf sie es aus dem Kästchen, blickte es lange an, bevor sie es wieder aufhob, und steckte es hastig in ihre Tasche. Dann schloss sie das Kästchen mit einem Ungeschick, das ihr sonst nicht zu eigen war, wankte auf ihren Beinen und zitterte wie ein Blatt im Winde. Dann verbarg sie sich mehr tot als lebendig in ihrem Zimmer.

Dort hatte sie entsetzliche Visionen und schlief die ganze Nacht nicht.

10

Am nächsten Morgen führte sie die Gräfin Amelie ins Speisezimmer. Sobald sie nicht mehr allein war, kehrte ihre Sicherheit wieder. »Wir sind unter uns, Frau Gräfin«, sagte sie; »die Turteltauben sind in Ostende. Ich habe Ihnen gesagt, was ich Siska aufgebunden habe. Wenn das dumme Schaf mit ihrem Suchen auf meinem Boden fertig ist, wird sie anderswo anfangen zu suchen, bei allen Trödlern in der Stadt, weil sie glaubt, noch nicht eifrig und ausdauernd genug gewesen zu sein. Wir lassen sie in Gent, solange wir es für nötig halten.«

Und Roosje nahm das Armband zur Hand.

»Wir brauchen einen Strauß«, sagte die Gräfin.

»Wir finden oben einen, folgen Sie mir.«

Roosje ging vor der Gräfin her ins erste Stockwerk. Dort wählte sie aus dem Kästchen einen verwelkten Maßliebchenstrauß. Er war durch einen Goldreifen zusammengehalten, an dem an dünnen Goldkettchen zwei ebenfalls goldene Figürchen hingen, die einen Totenkopf und einen Schäferhund darstellten.

»Es ist der erste Strauß, den er ihr gab und den sie von einem Manne bekommen hat«, sagte Roosje.

»Nehmen Sie ihn«, sagte die Gräfin und zog aus ihrer Brieftasche ein beschriebenes Billett von sehr starkem Papier: »Lesen Sie und behalten Sie es«, sagte sie.

Roosje las:

»Liebe Amelie!

Was liegt Dir an ein paar vertrockneten Blumen? Etwas Staub, etwas Heu. Bleibt denn etwas anderes zurück von diesen Andenken aus der Pflanzenwelt?

Hier ist also das Heu, der Staub und mein Bild; da Du mir die Ehre erwiesest, das alles von mir zu verlangen.

Erwarte mich heute Abend.

Paul.«

»Das hat er damals geschrieben, als er Sie liebte?«, fragte die Alte.

»Ja.«

»Ohne Datum.«

»Er datierte seine Briefe nie.«

»Aber dann ...«, sagte Roosje mit finsterer Miene, als hätte sie einem Banditen erlaubt, das zuckende Herz ihrer Tochter zu zerreißen, »aber dann habe ich sie! Sie wird stets bei mir bleiben, wird ihn nicht mehr lieben können, denn sie wird ihn verachten wie Dreck. Den Strauß, von dem er so verächtlich spricht, hat er nicht von einer geliebten Frau bekommen, sonst ...«

»O nein, sondern von irgendeinem Frauenzimmer, das gerade sentimentale Anwandlungen und Lust hatte, mit dem ersten Besten aufs Land zu fahren und zu essen. Warum Paul diese Blumen aufgehoben hat, weiß ich nicht. Aber sie erregten meine Eifersucht, als ich eines Tages seine Schubladen durchsuchte. Sie verstehen mich. Das Bild und der Strauß werden uns den Sieg sichern, wenn der alte, undatierte und nicht vergilbte Brief dabei ist.«

»Wie bin ich glücklich!«, rief Roosje erregt.

»Ihre neue Wohnung ist bereit«, fügte die Gräfin hinzu. »Sie ist prächtig, elegant, bequem.«

»Und sehr kostspielig! Ich wollte ...«

»Ihre Ziffer ist weit überschritten. Aber darum keine Sorge.«

»Wollen Sie sie bezahlen?«, fragte Roosje keuchend.

»Aber ja, ich bezahle sie«, antwortete die Gräfin mit verächtlichem Achselzucken.

Roosje tat, als fühlte sie sich nicht gekränkt durch diese aristokratische, verächtliche Freigebigkeit, die sie auf die schmähliche Rolle einer bezahlten Mittelsperson herabdrückte, die man davonjagt, wenn man sie nicht mehr braucht.

»Auf welchen Namen haben Sie das Haus gemietet?«, fragte sie demütig.

»Auf den Namen eines Freundes von mir, des Barons R ... Da wird man Sie nicht ausfindig machen. Wenn unsre Turteltauben von Ostende zurückkommen, müssen Sie mit Margarete allein sein. Sie werden es sein. Ich habe dem Doktor Kranke auf den Hals gehetzt, die ihn gleich beim Aussteigen am Kragen packen. Eine Woche lang wird er Tag und Nacht keine Stunde für sich haben. Inzwischen ...«

»Ich weiß, was ich zu tun habe«, antwortete Roosje. Sie fühlte mit Erstaunen, dass ihr das Herz schwer und die Seele wund war, in dem Augenblick, wo ihr liebster Wunsch sich verwirklichen sollte.

11

Gegen Ende der Woche kam das junge Paar zurück. Roosje, der sie ihre Ankunft mitgeteilt hatten, erwartete sie, das Gesicht gegen eine Fensterscheibe des Esszimmers gepresst. In ihrer Tasche befühlte sie das Billett, das Armband und den Maßliebchenstrauß.

Sofort nach ihrer Ankunft erschien ein Diener, um dem Doktor zu melden, dass Frau v. v. B. ernst, ja vielleicht tödlich erkrankt sei und sofort um seine Hilfe bäte.

Er verließ Margarete mit einem sanften, zärtlichen Kuss auf die Stirn, die Augen, die gebräunten Wangen und den schönen Mund, der noch frisch von der Seeluft war.

Margarete trat ins Esszimmer.

Im Grunde von Roosjes Herzen schrie etwas: »Lass ihr einen Augenblick Ruhe. Warte, bevor du zuschlägst. Hab' Mitleid mit der reinen Freude, die aus ihrem holden Gesicht strahlt.« Nein, antwortete die bittre Eifersucht.

12

»He he,« machte sie, ohne Margarete Zeit zu lassen, sich zu setzen, »hast du dich da gut amüsiert, Frau Tochter?«

»O ja, Mama! Aber warum nennst du mich Frau? Du tätest besser, mich zu umarmen. Es ist doch kein Verbrechen, nach Ostende zu reisen und zurückzukehren?«

»Er war sicherlich gut zu Dir?«

»Ja.«

»Und reizend und zärtlich, und liebevoll?«

»Ja.«

»Und hat er dir gesagt, dass er dich anbetet, dass er dich über alles liebt, dass er ohne dich nicht leben kann?«

»Das hat er nicht gesagt, aber so ist's«, antwortete Margarete, deren Herz beim Anblick ihrer Mutter stärker schlug.

Roosje zog das Billett, das Armband und den Strauß aus der Tasche und gab sie Margarete.

Bei jeder Silbe des grausamen Briefes ging das Gesicht ihrer Tochter von der Blässe des bewegten Lebens mehr und mehr zur Fahlheit einer Leiche über. Roosje schlich um sie herum wie eine alte Wölfin um ein Lamm und sagte mit scheußlichem Lachen:

»Ist das auch Anbetung für dich, ist das Liebe über alles, heißt das nicht mehr ohne dich leben können? Ja, lies das Blatt, lies es nochmal, dreh' es um und um. Du wirst nicht leugnen, dass es seine Handschrift ist. Die Gräfin hat es mir geschickt, empört über diese namenlose Gemeinheit. Was denkst du davon?« Margarete gab keine Antwort.

»Ist dieser Doktor nicht ein Heuchler, ein Taugenichts, und hatte ich nicht recht, ihn zu verabscheuen?«

Margarete gab noch immer keine Antwort.

»Willst du von hier fort?«

Margarete zerriss den Strauß mit ihren zitternden Fingern, warf ihn zu Boden, zertrat ihn und spie auf den Staub, dann packte sie Roosje am Arm und riss sie gewaltsam aus dem Zimmer.

Roosje hob den Ring, den Schäferhund und den Totenkopf auf. Dann suchte sie all ihr Geld zusammen und setzte ihren Hut auf. Sie folgte ihrer Tochter aus dem Hause und schlug den Weg nach der Straße ein, ohne dass Margarete auf ihre zahlreichen Fragen ein Wort geantwortet hätte.

Es war vier Uhr nachmittags.

Die beiden Frauen mieteten auf der Post einen Wagen.

»Fahren Sie uns nach der Marnixstraße zu Herrn von R ...«, sagte Roosje.

Während des Fahrens fragte Roosje ihre Tochter mehr als zwanzigmal: »Was bedeutet dies Sinnbild von Totenkopf und Schäferhund?« Margarete gab keine Antwort. »Bist du böse auf mich?«, fragte sie weiter.

Nichts, kein Wort, keine Gebärde.

Der Wagen hielt in der Marnixstraße. Ein Diener öffnete, ohne auf das Klingeln zu warten.

Margarete ging, noch immer schweigend, geradewegs in den Garten und setzte sich auf einen Rohrstuhl an der Hausmauer. Der Garten war eigentlich nur ein Gärtchen, ein Nest von Blumen und Blättern zwischen ein paar mit Zierpflanzen geschmückten Mauern. In einer Ecke stand eine ländliche Laube. Hinter den Mauern ragte eine hübsche schneeweiße, gotische Turmspitze auf. Vögel sangen in den Kastanienbäumen eines großen Gartens, der rechtwinklig an das Gärtchen stieß. Lerchen zwitscherten in Käfigen, die an den Mauern der Nachbarhäuser hingen, und blähten sich vor Behagen in der wärmenden Sonne. Die schwermütigen Schläge der Turmuhr der kleinen Kirche stiegen zum blauen Himmel empor, an dem die Schwalben flogen. Ein paar Schmetterlinge wiegten sich über den Blumen.

»Wirst du dich hier wohlfühlen?«, fragte Roosje.

Margarete warf ihr einen vernichtenden Blick zu und verließ den Garten, um in das Haus zu gehen.

»Warum blickst du mich so an? Warum sprichst du nicht? Willst du in dein Zimmer hinaufgehen?«

Roosje wollte hinter Margarete in das Zimmer treten, das für sie mit erlesenem Geschmack eingerichtet war, aber sie packte sie an den Schultern und stieß sie hinaus.

»Man muss diesen Augenblick des Zornes vorübergehen lassen«, sagte sich die Alte besorgt und verwirrt.

Das Gewissen murrte in ihrem Herzen und sagte ihr: »Du verdienst, so behandelt zu werden.«

Sie schickte ihrer Tochter durch ein Mädchen eine Biersuppe ins Zimmer, damit sie schliefe, wie sie sagte.

Das Opfer ließ sich schweigend bedienen und sprach mit dem Mädchen so wenig wie mit ihrer Mutter. Als das Mädchen jedoch länger als nötig verweilte, stand sie auf und blickte es mit großen starren Augen an. Erschreckt verließ das Mädchen eiligst das Zimmer und berichtete Roosje das Vorgefallene. Diese versuchte sich einzureden, dass sie sehr zufrieden sei, brachte es aber nur so weit, sich tief beschämt in ihr Bett zu verkriechen. Es schien ihr, als hörte sie leise um sich sprechen: »Du hast ein Verbrechen begangen.«

»Hehe!«, lachte sie ganz laut, um sich zu beweisen, dass sie keine Angst hatte. »Ein Verbrechen? Eine gestörte Liebelei! Ein Verbrechen? Hehe!« Da sie fürchtete, nicht schlafen zu können, ließ die Alte sich auch eine Biersuppe machen. Als sie sich vollgegessen hatte, legte sie sich zu Bett und schlief halbberauscht ein.

Der Abend sank.

Gegen zehn Uhr hörte Roosje ein Geräusch und erwachte: Jemand versuchte, das Schloss der Haustür zu öffnen. Diebe, dachte sie. Sie horchte, vor Angst röchelnd. Das Herz klopfte ihr zum Zerspringen. Sie rief: »Josephine! Josephine!«

Das Mädchen kam.

»Hast du ein Geräusch gehört?«, fragte Roosje.

»Ja.«

»Schließe schnell die Zimmertür, es sind Diebe. Schließe schnell zu.«

»Es sind keine Diebe, es ist die junge Frau, die im Garten herumgeht.«

»Man hat aber nicht die Gartentür geöffnet, sondern die Haustür.«

Roosje kleidete sich hastig an. Ihr Hirn gebar düstre, verworrene Gedanken. Allmählich nahmen sie Gestalt an. Sie griff in ihrer Tasche nach dem Goldreifen mit den Figürchen, der um den Strauß gewesen war, und zog die Hand schaudernd zurück, als würde sie gebissen. Aber je stärker diese schwarzen Gedanken wurden, umso mehr nahm auch ihr Mut zu. Sie ergriff eine Lampe, ging hinunter, riss die Gartentür auf und wagte sich hinaus.

»Margarete! Margarete!« rief sie.

Niemand antwortete.

Roosje ging rings durch den Garten, der Wind löschte die Lampe aus.

Sie öffnete die Straßentür. Sie war nicht verschlossen.

»Margarete! Margarete! Meine Tochter! Sie ist fort, aus dem Hause!« rief sie und lief in das erste Stockwerk hinauf, um sich zu vergewissern.

Sie sah die Tür von Margaretes Zimmer offen stehen, die Flügel hoben sich schwarz von der noch tieferen Finsternis ab. Trotzdem tastete Roosje im Dunkeln nach dem Bett. Es war leer.

»Meine Tochter ist fort! Meine Tochter ist fort! Ich habe meine Tochter getötet!« heulte sie und wollte hinaus.

Das Mädchen warf ihr einen Schal über die alten bloßen Schultern, denn Roosje war im Hemd und Unterrock. Das Mädchen zog ihr trotz ihres Sträubens die Stiefel an und beschwor sie, zu Hause zu bleiben. Frau Margarete, sagte sie, wäre gewiss ins Schloss zurückgekehrt, zu ihrem Gatten, und man brauchte sich nicht zu beunruhigen.

Die Wahrheit, die sie nicht sagte, war, dass sie müde war und wieder ins Bett wollte. Roosje ging allem fort. Sie ging aufs Geratewohl und spähte nach dem Schatten ihrer Tochter. An jeder Straßenecke, auf jedem Bürgersteig wähnte sie einen flüchtigen Schritt und das Rauschen eines Seidenkleides zu hören. Wie glühendes Eisen schoss ihr plötzlich ein Gedanke durchs Hirn. »Das Wasser«, sagte sie, »das Wasser!«

»Wo geht man in Brüssel ins Wasser?«, fragte sie sich.

»Der Kanal ist das Wasser, in dem man sich in Brüssel ertränkt«, antwortete eine dumpfe Stimme in ihr, aber ihr war, als ob sie neben ihr spräche.

Der Kanal? Sie begann wie toll zu laufen, fragte sich, welches der kürzeste Weg sei, fand ihn nicht und lief über alle Boulevards bis zur Grünen Allee.

Sie kam fast bis ans Ende; da versagten ihre alten Beine. Sie versuchte weiter zu laufen, konnte sich aber nur schleppen und schleppte sich weiter. Sie glaubte, eine Frau an dem Geländer langsam vorbeigehen zu sehen.

»Margarete!«, sagte sie, denn sie konnte nicht schreien.

Roosje keuchte, aber mit der letzten Kraft schleppte sie sich weiter. Sie richtete sich sogar auf. An der Brücke stolperte sie, stand wieder auf, fiel nochmals und kroch auf den Knien weiter. Die Frau kam auf die Brücke.

»Margarete!«, wollte Roosje schreien. Umsonst! Ihre Stimme war schwach und erstickt wie im Albtraum.

Die Frau ging über die Brücke. Roosje richtete sich auf, klammerte sich an das Geländer und zog sich an den Händen weiter.

Roosje sah ein bleiches, stolzes, entschlossenes Gesicht. »Margarete!«, wollte sie wieder schreien.

Es war ihre Tochter!

Margarete blieb am Wasser stehen, zwei Schritt vom Rande. Roosje kroch auf den Knien heran, um das Kleid ihrer Tochter zu erfassen, und versuchte, nicht von ihr gesehen zu werden.

Das Gefühl, dass Margarete sich bei ihrem Anblick in den Kanal stürzen würde, gab ihr Kraft, List und Mut. Sie kroch auf ihre Tochter zu wie eine Schnecke, eine Schlange.

Margarete schaute mit starren, tiefen Blicken bald zum Himmel hinauf, bald ins Wasser hinab. Sie hatte die Hände nicht betend gefaltet, wie es Todgeweihte zu tun pflegen. Kein zartes Gefühl erhellte ihr Gesicht, das im Mondlicht kreideweiß schien. Sie dachte an den Schändlichen, der ihre reine Jugend, ihre schöne Liebe durch eine Gemeinheit geohrfeigt hatte; das sah Roosje an der finstren Entrüstung, die ihre Züge verzerrte. Sie ging in den Tod, weil sie musste. Stolz und scheinbar kalt wie eine indische Witwe, die den Scheiterhaufen ihres toten Gatten besteigt, schickte sie sich an, lebendig in das kalte Grab ihrer Liebe zu steigen.

Das Wasser war schwarz, der Mond hell. Bläulicher Nebel lag auf den Wiesen. Roosje kroch weiter. Plötzlich stieß sie einen Freudenschrei aus. Sie hatte das Kleid ihrer Tochter mit Tigerkrallen gepackt und zerrte daran, als wollte sie es zerreißen.

»Wohin willst du?«, schrie sie, sich an Margarete klammernd, und riss sie zu Boden, damit sie ihr nicht entrinnen konnte. »Wohin willst du?« Margarete wollte sich losreißen und schlug nach Roosje, aber die ließ sie nicht los.

»Wohin willst du? Ins Wasser? Höre! Es ist nicht wahr! Er hat dich nicht betrogen! Es war ein alter Brief. Ein alter Strauß. Ich war's, ich habe alles getan, um dich bei mir zu haben, Grietje, ich, deine Mutter, die dich zu sehr liebt! Grietje, du musst zu ihm zurück! Das ist das wenigste, dass ich mich opfere. Nicht ins Wasser! Nicht in den Kanal! Nicht in den Tod! Höre und sprich, mein Kind, meine Tochter!«

Margarete wehrte sich. Krämpfe durchzuckten sie. Ihre Kraft verdoppelte sich, aber Roosje ließ nicht los. Sie schrie – endlich konnte sie schreien – schrie wider Willen einen verhassten Namen, der nie über ihre Lippen gekommen war. »Paul, Paul liebt dich! Ich sage es dir! Paul liebt dich! Er liebt dich, ich sage es dir! Ich sage dir, Paul, Paul liebt dich! Komm!«

Bei diesen Worten zerrte sie sie am Kleid, an den Armen. »Grietje, ich habe gelogen, gelogen, gelogen! Deine Mutter hat gelogen, Grietje, verstehst du, gelogen, meine Tochter, deine Mutter hat gelogen!«

Margarete begann zu schluchzen.

Das war ein gutes Zeichen. Roosje liebkoste sie, umarmte sie, sagte ihr tausend Schmeichelworte. Die Zuckungen hörten auf. Plötzlich stand Margarete auf und richtete ihre Mutter auf.

»Ich habe gelogen, gelogen!«, sagte Roosje immerfort.

»Dann komm nach Ukkel«, antwortete Margarete, »und gib mir den Arm. Wenn nötig, werd' ich dich tragen.« 13

Die beiden Frauen machten sich auf den Weg.

Roosje schleppte sich am Arm ihrer Tochter; nach ein paar Schritten musste Grietje, wie sie gesagt hatte, die Mutter tragen. Auf der Königsstraße kam ein Wagen vorbei, in dem ein Liebespaar saß. Ein hochherziges Geschlecht.

»Meine Dame«, sagte ein junger Mann, aus dem Wagen steigend und auf Margarete zutretend, »das ist eine schwere Last. Steigen Sie in diesen Wagen und sagen Sie dem Kutscher, wohin er Sie fahren soll.«

Margarete nahm es an und setzte ihre Mutter mehr tot als lebendig in den Wagen.

»Wohin soll ich Sie fahren?«, fragte der Kutscher.

»Nach Ukkel.«

»Nach Ukkel? Niemals.«

»Für zwanzig Franken?«, fragte Margarete.

»Zeigen Sie mir die zwanzig Franken.«

»Da.«

»Ha«, rief der Kutscher und grüßte, als er in Margaretes Geldtasche noch mehrere Goldstücke blinken sah. »Das ist was andres, Frau Herzogin. Wo soll ich halten?«

»Vor dem Gittertor des Schlosses vom Grafen Coghen.«

Der Wagen fuhr im Galopp davon.

»Nun, Mama, sprich«, sagte Margarete.

Roosje fasste sich ein Herz und gestand Margarete die ganze schmähliche Wahrheit. Sie war so traurig gewesen, sie nicht mehr bei sich zu haben, und wollte zu dem Zweck eine Scheidung erzwingen. Gräfin Amelie sprach sie eines Tages an und lud sie zum Essen auf ihr »Schloss«. Dort wurde sie bedient »wie eine Königin«. Sie sprach vom Adel, sie bewies ihr, dass sie im Mannesstamm adlig sei und unrecht daran tue, ihren Titel nicht zu führen. Daher ihre Kleider nach neuester Mode und der Besuch des Herrn Bouffart, »dieses Erzhalunken«. Gräfin Amelie machte ihr Anvertrauungen. Auch sie wollte Paul von Margarete trennen. Ein ganz alter Brief, ein Bild und ein paar verwelkte Blumen, die aus einem Kästchen gestohlen waren, sollten nach ihrer Meinung den Bruch herbeiführen.

»Die Gräfin ist in diesem Augenblick schon in deiner Wohnung,« setzte Roosje hinzu.

»Lassen Sie die Pferde laufen, was sie können«, sagte Margarete zum Kutscher.

»Lebend oder tot, Sie werden da sein«, antwortete dieser.

Die Pferde waren kräftig, der Wagen fuhr wie der Wind.

Zwanzig Minuten später setzte er auf einen Wink Margaretes die beiden Damen am Gitter des Schlosses Coghen ab.

»Warum nicht bei uns?«, fragte Roosje.

»Die Gräfin würde mich kommen hören. Bleib hier, Mama.«

»Hier ist viel Geld. Geben Sie auf die Dame acht, ich komme sie abholen,« sagte Margarete zum Kutscher und gab ihm blindlings über 100 Franken in Gold. Er hatte sie bald gezählt und rieb sich vergnügt die Hände. Margarete flog mehr, als sie lief, in ihre Wohnung. Als sie über den Rasenplatz kam, sah sie im Erdgeschoss Licht. Sie blieb im Vorraum stehen und hörte eine Stimme – die Stimme der Gräfin. Sie sagte: »Glaube mir, du wirst noch lieben. Paul, du bist nicht der Einzige auf Erden ...«

Der Doktor antwortete: »Ich werde allein sein, ganz allein für immer, wenn das, was geschah, Wirklichkeit ist, wenn ich nicht im Wachen träume, wenn ich nicht der blöde Spielball einer Sinnestäuschung bin.«

»Trotzdem ...«, sagte die Gräfin.

»Nein, es ist nicht wahr, es ist nicht möglich. Margarete hat mich nicht betrogen, sie hat nicht an einem einzigen Tage ihre Liebe, unsre Liebe vergessen und mit Füßen getreten. Sie liebte mich. Dergleichen fühlt man, gnädige Frau: Fünf Monate erst verheiratet! Fünf Monate Zärtlichkeit bei ihr, Anbetung bei mir. Und mit einem Schlag, ohne Grund, ja ohne Vorwand? Nein, das ist unmöglich! Sechs Stunden reite ich nun mit verhängten Zügeln herum, nicht wie ein Mensch, sondern wie ein lebloses Ding, und kann doch nicht glauben, dass ich sie suche und dass sie nicht da ist. Ich kann nur noch auf sie warten. Sie kommt wieder, schütteln Sie den Kopf nicht, sie kommt wieder, sag' ich Ihnen!«

»Das Frauenherz ist so seltsam«, antwortete die Gräfin. »Eine Laune, ein Unbekannter, der Zufall reicht hin. Gewisse Männer rauben in gewissen Augenblicken das Herz einer Frau. Wie konnten Sie außerdem auf ein armes Mädchen bauen, das im Wirtshaus erzogen ist?« »Da haben wir also,« versetzte der Doktor, »den lässigen, schleppenden, hochmütig-mitleidigen Ton, mit dem die Frauen Ihrer Kreise so gut die kalte, grausame Heuchelei verbergen, die sich wohlmeinend stellt, um besser zu schaden. Wie soll ich auf ein Mädchen aus dem Wirtshause bauen, sagen Sie? Ach, Gnädigste, vielleicht etwas mehr als auf Sie selbst. Nicht wegen des Wirtshauses, sondern wegen ihres Charakters. Tun Sie nicht erstaunt! Sie beleidigen Margarete, so beleidige ich Sie. Das ist recht und billig. Außerdem: Seid ihr nicht, von etwas Plunder abgesehen, eine wie die andere, und trifft es nicht zu, dass ihr, ob oben auf der Leiter oder unten im Volke, oder an den Stufen des Thrones, alle vom gleichen Verhängnis getrieben werdet und je nach eurer Gemütsart anständige Frauen oder Abenteuerinnen seid? Margarete ist zur anständigen Frau geboren. Sie hat Energie, eine natürliche Würde und Scham von solcher Zartheit, dass ich sie für unfähig halte, das gemeine und dumme Verbrechen zu begehen, das man Ehebruch nennt.«

»Das ist eine merkwürdige Sprache im Munde eines Arztes und Weltmanns!«

»Gerade als Arzt und Weltmann bin ich doppelt auf meiner Hut, und darum hab' ich Margarete zur Frau gewählt. Ich habe Leichen und Gewissen zergliedert, habe die geringsten Regungen des Lebens und des menschlichen Denkens studiert. Ich weiß, was Leben und Frische des Herzens und des Leibes ist. Das finde ich bei Margarete, und darum liebe ich sie. Ihr alle, reiche Bürgerfrauen oder große Damen, habt gewöhnlich mehr Baumwolle als Fleisch am Leibe und mehr Manieren als Gefühl. Ihr vertut so viele Stunden damit, das zarte Gespinst trägen Schmachtens mit holden Lastern und erlesenen Ausschweifungen zu durchwirken. Gegen euch neige ich zum Misstrauen, ja zur Härte, trotzdem ich euch reizend finde, wenn die Natur euch reizend gemacht hat, trotz der Faxen eures guten Tons. Ihr liebt die Tatzenhiebe des Samtpfötchens und das Spiel mit der arglosen Beute, bevor ihr sie langsam verspeist. Ihr seid göttliche Pantherinnen mit Glacéhandschuhen, allerliebste Katzen in Spitzenmänteln; darum bewundre ich euch und fliehe euch, denn ich kenne euch alle auswendig, da ich euch in den Romanen gelesen habe. Margarete, die euch nicht gleicht, hab' ich in keinem Roman gefunden, und sie fesselt mich gerade durch ihre Schlichtheit, ihre Unkenntnis der Konvenienzen und Faxen, die Unmittelbarkeit ihrer Gefühle, die Unwillkürlichkeit ihrer Gebärden und Bewegungen, die ihre geringste Seelenregung verraten.«

»Sie taugt auch nicht mehr als wir andern. Sie lieben sie, das ist alles,« entgegnete die Gräfin.

»O ja, ich liebe sie wie eine Geliebte, wie ein argloses, wahres, gutes Weib, eine lebende Statue, eine Schöpfung der großen Bildhauerin der Seelen und Leiber, die Natur heißt! Für mich ist sie hold, schön und neu, reizend und göttlich, und ich liebe sie, Gnädigste, ja, ich liebe sie! Ihr Besitz hat mich berauscht und wird mich jeden Tag mehr berauschen. – Aber wo bist du? Wo finde ich dich?« rief er schmerzvoll. Margarete war selig, derart idealisiert zu werden und ihre Nebenbuhlerin durch das Liebesbekenntnis des Doktors zerschmettert zu sehen. Sie hatte es daher nicht eilig, hineinzugehen.

»Eben das müsste man wissen«, fuhr die Gräfin fort.

Plötzlich schlug sich der Doktor vor die Stirn. »Wo sie ist? – Da, wo Roosje ist,« antwortete er sich selbst. »Die Mädchen fort, das Haus leer! ... Die alte Schlange wird irgendeinen Plan ausgeheckt haben! Sie sind daran beteiligt, gnädige Frau. Sie erröten. Jetzt fällt mir die Straße nach Paris ein, der Windhund, der dicke, weißgekleidete Mann. Ihre metallische Stimme, Ihre Worte ... Was haben Sie getan, Unglückliche, was haben Sie getan?«

Da warf sich die Gräfin ihm zu Füßen. »Paul«, sagte sie mit gebrochener Stimme, »Paul, verzeih mir. Ach, wir sind zu allem fähig, wir armen Frauen, wenn wir lieben. Wie oft war ich nahe daran, zu dir zu kommen, am hellen lichten Tage, um dich aus ihren Armen zu reißen. Ich will dich, Paul, verstehst du, ich will dich! Du warst hart und scheußlich gegen mich. Du hast mich genommen und mich behalten, und dann hast du mich wie ein Freudenmädchen verlassen, weil ich einem andern einen Scheidebrief schrieb. Sollte ich etwa, bevor ich dich kennenlernte, als junge Witwe, schön, so sagt man, und umworben, das weiß ich, ein liebeleeres Dasein führen? Blick mich nicht so an, ich bin nicht verächtlich, ich bin unglücklich. Ja, sehr unglücklich! Auch mich treibt das Verhängnis zu dir. Paul, ist's denn ein Verbrechen, dich zu lieben?« »Sag' mir, wo sie ist, wenn du mich liebst!«, antwortete der Doktor. »Ich bitte dich darum, ich flehe dich an. Steh auf, sprich, bleibe nicht so auf dem Teppich in dieser Stellung, die für dich und für mich demütigend ist. Frau Gräfin, Frau Gräfin ... Amelie, sag mir, wo ist Margarete?«

»Nein, ich sage es dir nicht. Sie ist da, wo Roosje ist. Suche.«

»Ich werde dich schon zum Reden zwingen«, sagte der Doktor, auf sie zutretend.

»Mich zwingen? Mit Schlägen? Solltest du es wagen? Mich töten, möchtest du das? Es ist schon was dabei, eine Frau zu töten, noch dazu eine Frau aus der vornehmen Welt. Wo würdest du meinen Körper vergraben? Vielleicht würdest du über ihn weinen, wenn du sähest, dass er jung und zu schön für die Würmer ist. Schlag mich doch, töte mich doch, Paul! ... Ich liebe dich!«

»Wo ist sie, sag' es mir, ich bitte dich. Sag' es und ich verzeihe dir, Amelie.«

»Wie schön du sagst: Amelie! Du hast meinen Vornamen also nicht vergessen. Ha! Du liebst sie und findest sie doch nicht, du fühlst nicht, wo sie ist, deine Beine tragen dich nicht von selbst in das Haus, wo sie sich verbirgt. Du kannst dich also nicht wie die Magnetnadel auf eine Meile, auf hundert Meilen zu diesem Liebespol drehen. Und das nennst du lieben? Geh!«

»Willst du mir sagen, ja oder nein, wo du Margarete versteckt hast! Es geht für dich um Leben und Tod.«
»Umso besser, aber ich werde nicht sprechen. Ich liebe dich, so wild und stolz, wie du bist. Schlag mir doch den Kopf ein mit diesen geballten Fäusten! Tritt mir doch auf den Leib, tritt mir die Brust mit dem Absatz ein. Er ver-

langt ja offenbar nichts Besseres. Worauf wartest du? Dass ich spreche? Befiehl der Wand, dir zu antworten.«

Margarete öffnete die Tür. Verblüfft, niedergeschmettert wich die Gräfin zurück.

»Das ist die Wand, mein Paul, mein Mann«, rief die Wiedererstandene und warf sich ihrem Gatten an den Hals. »Du bist gut, dass du nicht an mir zweifeltest. Weißt du, wo ich war? Am Kanal, um ins Wasser zu springen. Ich glaubte, du liebtest mich nicht mehr. Ich hatte den Kopf verloren, das war unrecht, ich weiß; aber mein Blick war getrübt, ich glaubte schändlichen Klatsch. Man gab mir Beweise, einen Brief, Blumen, ein Armband. Zwei Spinnen hatten ein Netz gewoben, um mich zu fangen, mich, die niemandem etwas Böses tat. Aber du liebst mich, ich bin glücklich, ich könnte nicht böse sein, nicht mal auf Sie,« sagte sie zur Gräfin gewandt. »Hier ist Ihr Schal und Ihr Hut, gehen Sie, Frau Gräfin, und versuchen Sie nicht mehr, zwei Liebende zu trennen. Beinahe hätten Sie es fertiggebracht, dass ich nur tot hierher zurückkam. Ich verzeihe Ihnen.«

Die Gräfin wollte ihre Haltung wahren, aber sie fühlte sich lächerlich, verachtet, grotesk. Zorn, Scham und Furcht übermannten sie. Ja, Furcht. Margarete war größer als sie und stärker. Eisen und Stahl waren unter den prächtigen Rundungen ihrer vollen Hände und ihrer herrlichen Arme. In ihrem bleichen, edlen und stolzen Gesicht, auf ihren blassen, gekräuselten Lippen, in ihren heftig geblähten Nasenflügeln, ihren schwarzen drohenden Augen, die auf ihre Feindin starrten, wie die Augen einer Tigerin, die sich anschickt, sich auf eine Nebenbuhlerin zu stürzen, flammte das Feuer des Zornes. Das Mädchen aus dem Volke suchte, ihrer Herkunft getreu, nach einer Waffe, und wenn es ein Leuchter oder eine Bronzefigur war, um ihre Rivalin zu treffen.

Die Gräfin ging.

Da sank Margarete, am ganzen Leibe zitternd, auf einen Lehnstuhl. Ihr Herz entkrampfte sich, sie stieß ein paar heisere, ächzende Laute aus, dann zerfloss sie plötzlich in Tränen und blickte Paul mit so treuen Augen an, in denen sich eine so wahre Freude malte, ihn wieder zu haben, dass es dem Ärmsten schien, als täte sich ihm ein schöneres Paradies auf als der Christenhimmel. Dann warf sie sich von Neuem in seine Arme.

So blieben sie versunken in jene Art traurig-süßer, sanfter und inniger Verzückung, die das Ende der großen Schmerzen ist.

Der Doktor brach das Schweigen zuerst.

»Nun, Margarete«, sagte er, »erzähle mir alles, mein liebes Kind, das sich nicht mehr geliebt glaubte und ohne Tränen und Klagen stumm in den Tod gehen wollte. Sag' mir alles, Schönste, Liebste, für die es nicht genug Küsse und Zärtlichkeit gibt, mein Lieb. Sprich, damit ich deine holde Stimme lange, recht lange höre.«

»Ich habe schon alles gesagt«, antwortete Margarete und lachte vor Glück, noch halb unter Tränen. »Ich werde auch morgen noch manches zu erzählen haben, man braucht nicht alles auf einmal zu tun. Aber wenn du es wissen willst: Ich lief dahin, wo die Leute in Brüssel ins Wasser gehen, wie ich in den Zeitungen gelesen hatte. Ich sah Wasser und Nebel; es war kalt, aber ich selbst war kälter. Ich brachte es nicht über mich, hineinzuspringen. Trotzdem glaubte ich, du würdest mich mehr lieben, wenn ich nicht mehr auf der Welt wäre. Dann dachte ich daran, dass ich ein Kind haben würde. Da hielt ich inne und blickte zum lieben Gott auf, und da war mir, als sagte er zu mir, ich dürfte nicht sterben. Ich blieb am Rande stehen. Aber plötzlich dachte ich daran, dass du mich betrögest, und dass das eine Gemeinheit wäre, da schnürten sich alle meine Nerven zu einem Bündel zusammen, und das zerrte, das zerrte so stark, und mir war so schlecht, so schlecht, und ich sah eine große bleiche Frau, die mich rief und sagte: ›Komm, du wirst nicht mehr leiden ...‹ Der Tod, Paul, nicht wahr? Ich wollte mich hineinstürzen, da kam meine Mutter.«

Roosje, die im Wagen geblieben war, hatte völlig den Kopf verloren. Der Gedanke, ihre Tochter wider Willen zum Selbstmord getrieben, sie durch ein Verbrechen fest verloren zu haben, machte sie verrückt. Sie sah sie als kleines Kind in der Wiege. Grietje wuchs, lächelte, weinte, schlug sie, hatte Launen; Roosje betete sie an. Grietje wurde ein junges Mädchen, sie verzog sie. Sie versuchte sie mutwillig und hochmütig zu machen – sie, die Wirtshaustochter –, aber keusch, damit sie nicht würde, was die Genter eine Tafelhoeren nennen. Und sie sah, dass sie geachtet wurde und dass die Zoten vor ihr verstummten. Man sprach in Gent mit Hochachtung von Grietje; selbst vornehme Damen waren auf sie eifersüchtig. Sie galt für kalt. Das war Roosje recht. Und nun hätte sie sie fast getötet! Das sollte nie mehr vorkommen. Es war noch besser, sie im Haus dieses Schwiegersohnes zu sehen, der alles in allem ein anständiger Mann war, und als Gattin und Mutter. Nur keine Todesgefahr mehr, kein scheußlicher Kanal, nicht mehr solche Angst! Ein Zweifel beschlich sie: Hatte sie sie wirklich gerettet? Vielleicht war es der Gräfin gelungen, ihn zu umgarnen ... Hatte Margarete vielleicht das Haus des Doktors zum zweiten Mal verlassen und war nochmals dahingegangen, zu dem schwarzen, kalten Wasser? »Galopp, Kutscher, Galopp! Rechts, links, dann wieder rechts! Ich ziehe Sie am Ärmel, wenn Sie halten sollen.«

Der Wagen schoss wie ein Pfeil dahin. »Hier«, schrie Roosje, »hier,« und sprang aus dem Wagen, bevor die Pferde anhielten.

Roosje stürzte in das Haus und ins Esszimmer. Als sie ihre Tochter sah, zog sie sie aus den Armen des Doktors und blickte sie mit allmählich feucht werdenden Augen an. Dann drehte sie sie hin und her wie eine Puppe und murmelte: »Ja, sie ist es! Es ist Grietje, die Wiedergefundene, meine Grietje. Ja, ja!« Und sie wischte ihr den Staub von den Füßen. »Sie ist nicht ertrunken, ich habe sie fortgerissen. Nein, Grietje, nein! Ich werde es nie mehr tun. Nie mehr. Gott soll mich verderben, wenn ich dir noch ein Leid antue!«

Dann wandte sie sich zu dem Doktor.

»Und Sie«, sagte sie, »geben Sie mir die Hand. Unser Zank ist zu Ende. Zu Ende, verstehen Sie? Genter Wort ist Silber, Wort einer Genterin ist Gold.«

Der Doktor drückte ihr die Hand, die sie ihm entgegenhielt, und verzieh Roosje aus Liebe zu Margarete.

Nun wandte sich die Mutter zum Kinde.

»Bist du nun zufrieden?«, fragte sie, um ihr begreiflich zu machen, dass sie nur aus Liebe zu ihr nachgab.

»O ja, Mama, o ja! ...«

Diese Szene währte lange, machte aber schließlich einer großen Ruhe, einer großen Sanftmut Platz, als hätte man Balsam auf all ihre Herzen getan.

Die Liebe zog ins Haus ein, der Hass verschwand.